Walter Kappacher
Der lange Brief

WALTER KAPPACHER

DER LANGE BRIEF

ROMAN

[redacted]

DEUTICKE

Für Theresa

»Der lange Brief« erschien erstmals 1982 und wurde für die vorliegende Ausgabe vom Autor überarbeitet.

2 3 4 5 11 10 09

ISBN 978-3-552-06048-7

Satz: Eva Kaltenbrunner-Dorfinger, Wien
Druck und Bindung: Ebner & Spiegel, Ulm
Printed in Germany

Das Leben soll uns kein
Gegebener, sondern ein von uns
Gemachter Roman sein.
NOVALIS

1

Den dunkelgrünen Taschenkalender vom letzten Jahr mit all den Notizen über S. am Silvesternachmittag in die Salzach geworfen. Atzmeier ist per 1. Jänner befördert worden, als Prüfer sitzt er jetzt in einem Einzelbüro im vierten Stock der Anstalt. Mein Gegenüber, Joschi Maringer, der von einer *Lebensstellung* träumt, bleibt mir vorerst erhalten. S.: Diese Marotte half mir immerhin, das erste Jahr in der Pensionsversicherungsanstalt zu überstehen.

Herr Stempfl kam heute früh herein: Ich solle meinen Resturlaub, die zwölf Tage, bis spätestens 21. Jänner *konsumieren*. Das paßt mir gut. Abstand gewinnen. Die Stellenanzeigen jeden Samstag lesen. Der bedrükkende Gedanke, hier hängen zu bleiben, so zu werden wie Atzmeier … Dieser Posten ist bloß eine Art Durchgangslager, ein Winkel, in den ich mich für eine Weile geflüchtet habe. Ab und zu dachte ich in den letzten Monaten daran, mein Studium wieder aufzunehmen; aber die Chance, später eine Anstellung im Lehramt zu kriegen, ist gering.

Etwas, das es mir erleichterte, mich noch vor Tagesanbruch aus den Träumen zu reißen, in der Finsternis durch die grauen Schneereste zur Bushaltestelle zu stapfen … Ist S. nicht bloß eine Mystifikation, erfunden von der Direktion der Pensionsversicherungsanstalt, um auch mich zu einem treuen Dienstnehmer zu formen, so wie's für andere Kollegen die PVA-Fußballmannschaft mit der hübschen grün-roten Dreß gibt? – Was liegt ihnen schon an mir; auf meinen Stuhl spitzen bestimmt zwanzig neue Bewerber. Eva zu Mittag in der Kantine im Vorbeigehen mitgeteilt, ich verreiste für zwei Wochen. Frau Binder, wieder einmal die Schminke zu dick aufgetragen, stand bei ihr. Eva blickte mich bloß an, als hätte ich ihr gesagt, die Suppe schmecke heute nicht. Meine Vorsätze für die zwei Wochen! Eva brächte mich immer wieder auf S., deshalb den Umgang mit ihr einschlafen lassen. Die Mirabellwäscherei sucht einen Assistenten für den Geschäftsführer.

Ab morgen also. Meine unerledigten Akten um halb fünf Maringer übergeben, mich bei Stempfl abgemeldet. Der Gedanke, wie S. damals, nach dem Urlaub einfach nicht mehr zu erscheinen. Schon wieder S.! Atzmeier, vor einem halben Jahr ungefähr: »Irgendwie erinnern Sie mich an ihn.«

Weshalb soll meine Arbeit keinen Sinn haben? Irgendwann in vierzig Jahren wird einer meiner Kollegen, gewiß einer, der heute noch nicht geboren ist, *meinen* Pensionsantrag bearbeiten. Wahrscheinlicher wird ein Computer alles regeln. Warum soll ich vierzig Hosenböden auf diesem Stuhl verschleißen? Ich bin an meinem Platz jederzeit ersetzbar, wie alle hier. Die Wichtigtuerei von vielen Kollegen ist ja bloß ein Kaschieren eben dieser Austauschbarkeit. Es fiele überhaupt nicht auf, wenn ein paar wegblieben eines Tages. Nur bei S. ist es aufgefallen, als er nicht mehr erschien, ihn haben sie anscheinend vermißt, vielleicht, weil er den größten

Spleen von allen hier hatte: er glaubte an ein *anderes Leben* (so Eva). War S. mein Tick, und brauche ich jetzt einen neuen? Was mir zuletzt, am 31. Dezember, so auf die Nerven ging, war dieser penetrante Drang nach dem *Höheren*, der sich da auch mit eingeschlichen hatte. Als wäre S. mit dem Gral entwischt, und ich müßte ihm nachfolgen. Eines Tages werden sie ein paar Rechenmaschinen mehr aufstellen, hier oder in Wien, und wir sind alle überflüssig. Fragte Eva neulich am Buffet, ob sie zufrieden sei, ob sie nicht auch von einem anderen Leben träume. Da wich sie aus, und ich dachte, jetzt denkt sie an ihren Juniorchef, hofft, daß der sich vielleicht doch eines Tages scheiden läßt. Ich war nie eifersüchtig auf ihn; möglich, daß sie ihn ebenso gegängelt hat, aber für mich war sie schließlich nur noch ein Medium, über das ich hoffte, mehr über S. zu erfahren.

Mutter schaute herein: Willst du auch einen Kaffee? Ich schüttelte den Kopf, ohne mich umzudrehen. Sie hielt die Tür noch eine Weile offen, in mir kochte es, aber ich verharrte in sturer Unbeweglichkeit. Draußen schneit es heftig; ein Wind läßt die Flockenfülle aufwärts treiben. Seit einem Jahr, seit ich bei der PVA angestellt bin, läßt Vater mich wenigstens in Ruhe. Einmal sagte er, er sei schon fünfundvierzig gewesen, ehe er die Anstellung bei der Stadtgemeinde erhielt. Vorher habe er nie was Sicheres gehabt. Ich solle mich nur ja zusammenreißen, bis zur Pragmatisierung. Am Fenster eine Fliege (aus dem Winterschlaf erwacht?), auswegloses Gesumme und Geflatter. Ich müßte nachdenken, aber ich brauch so lang, bis mein Kopf sich beruhigt hat, bis ich abgerechnet hab mit den hundert trivialen Widrigkeiten des

Tages. Dann, wenn ich spüre, wie sich alles zu klären beginnt, ich stiller werde, das Außen abgestreift habe, ist es meistens elf oder halb zwölf, und ich bin zu müde, verfalle ins gähnende Dösen. Warum manchmal die (Wahn-)Idee, daß (in der PVA) etwas für mich *inszeniert* worden sei? Zum Beispiel die S.-Geschichte. Ich nehm' mich selber zu wichtig. Bin bloß einer von hundertdreiundsiebzig. Niemand blickt auf mich (nicht einmal der Generaldirektor, mittels Kameraauge). Ich glaube nicht an den Mythos von Instanzen, Oberen, Mächtigen. Die Mächtigen in der PVA von morgen, das sind einige der strebsamsten Stuhlwetzer von heute. Manchmal, an Sonntag-Abenden, wenn die Unlust am heftigsten sich in mich hineinfrißt, wähne ich mich doch einer schrecklichen Gottheit gegenüber; einer, die es darauf abgesehen hat, mich zu ersticken. Nicht auf einmal; in langsamen Würgeschraubungen. Eva, Sekretärin eines der *Mächtigen*. Das Bewußtsein des Auserwähltseins gibt ihr Halt wahrscheinlich; darf in ihrer Gegenwart nicht abschätzig über die Direktoren, speziell über Stieglecker reden. Ihre Privilegien: Stieglecker spricht mit ihr über seine Frau und seine Sprößlinge, seine Diätprobleme oder über Kontroversen mit einem noch höher oben Sitzenden in Wien. Und sonst? Würde sie sich sträuben, wenn er sie sich auf den Schoß setzte und ihr die Bluse aufknöpfte? Als Verrat empfand ich es, als ich im vergangenen Juni einen Termin bei Stieglecker hatte, wegen meines Aufsatzes in dem Blatt *Haus-intern*. Sie behandelte mich im Vorzimmer wie einen lästigen Eindringling. »Halt ihn nicht zu lange auf, gleich hat er eine wichtige Besprechung.« Auf dem Rückweg durchs Vorzimmer war sie Luft für mich. Eine

Woche lang, bis sie sich in der Kantine einmal an meinen Tisch setzte (gewöhnlich ißt sie am Tisch der Oberen und deren Sekretärinnen). Von all den aufgeplusterten Gänsen aus der Chefetage ist Eva wohl doch noch die weitaus erträglichste.

Bei meinen Streifzügen durch die Stadt (zufällig?) in der Bräuhausgasse an dem Wohnblock vorbeigekommen, in dem Margot wohnt. Schaute auf die Klingeltafel: Ihr Name steht noch drauf. Ob wohl ein anderer jetzt samstags hier läutet, die Haustür aufstößt, sobald das Schloß schnarrt, in den Lift steigt und an Margots weiche Taille denkt, die er bald drücken wird? Wie gern würde ich wieder so einen Samstagnachmittag dort oben verbringen, aber vorbei ist vorbei. Sie hat gemerkt, daß ich meist nur mit einem Fuß in ihrer Wohnung stand. Bei ihr wünschte ich mich manchmal in mein Zimmer; ein Buch aufzublättern; beim Lesen sehnte ich mich oft nach Margot, aber nicht die, nach der mich verlangte, öffnete mir dann die Tür.

Sonntag. Sechs Seiten Stellenanzeigen studiert. Die einzige Ausbeute dieser zwei Wochen wird die Einsicht sein, daß nichts mich von den anderen im Amt unterscheidet. Ich werde nirgendwo hingelangen, keine großartigen Werke schaffen. Also ist es am besten, ich bleibe in der PVA und mache da meine Arbeit, wie die anderen auch. Kam in der Merianstraße am Wohnblock vorbei, wo Eva ihre Garçonniere hat. S.' verwitterter VW-Käfer steht immer noch am Abstellplatz, halb eingeschneit. Atzmeiers Ziele: Er weiß, was er will, wofür er lebt: der Wintermantel für sein Töchterchen, die monatlichen

Rückzahlungen an die Wüstenrot, das neue Modell von Opel, die Gehaltserhöhung, die Beförderung, das Weihnachtsgeld, der Reisekatalog von Touropa, die Hör Zu ... Ich will eine Yacht am Attersee, ein paar hübsche Siebzehnjährige darauf, die sich barbusig an Backbord sonnen, ein Maserati-Sportcoupé, essen in den teuersten Restaurants, Wochenendflüge mit der eigenen Cessna nach Nizza und Monte Carlo. Das ist das *wahre Leben* und nichts sonst!

S. habe es verstanden, aus dem Büroleben, aus dem Alltag im Amt »etwas zu machen« (Atzmeier, im letzten Sommer). Habe ich ihn gefragt, wie das gemeint war? Meine Fragen nach S. waren immer zu auffällig. Atzmeier, der es für einen Spleen hielt, daß mich alles, was mit S. zusammenhing, interessierte, und deshalb manchmal, wie um mich zu belohnen, etwas von ihm zu erzählen begann, wenn er in unser Büro kam, um nach seinen Schützlingen, die er eingeschult hatte, zu sehen. Wenn er merkte, daß ich die Ohren spitze, brach er ab, als irritierte ihn eine allzugroße Anteilnahme. Ich jedenfalls verstehe es nicht, aus meinem Leben *etwas zu machen*. Ich bearbeite, *erledige* die Akten, die Egger, oder sein Stellvertreter, mir jeden Morgen auf den Tisch legt, ich schwatze mit Maringer, befrage ihn jeden Montag über die Spiele der Bundesliga und erzähle ihm von dem Film, den ich mir angeschaut habe. Ich habe gelernt, nicht mehr als fünfzehn Akte am Tag zu bearbeiten, aus Solidarität mit den langjährigen Kollegen. Manchmal kommt Maringer zu mir herüber und zählt meine fertigen Stücke; ab und zu frage ich ihn, wieviel er schon hat. Es wäre im allgemeinen leicht zu schaffen, das tägliche Pensum bis 11 Uhr zu erledigen.

Dienstag. Gestern abend bei Eva. Lösen hatte ich mich wollen, von den verrückten Zuständen, in die ich durch meine Beschäftigung mit S. geraten war, abwenden von Eva, die ja außer S.' Eltern das einzige Bindeglied zwischen mir und S. ist, wegkommen von der monomanischen Beschäftigung meiner Abende, dem Führen der Notizen über S. (und wenn es nichts zu notieren gab, dem Lesen und Wiederlesen dieser Notizen). Nun bereue ich es, den Kalender vom letzten Jahr vernichtet zu haben, der vor allem die Niederschriften meiner Gespräche mit Atzmeier und Eva über S. enthielt. Ich hatte mir vorgenommen, die Freundschaft mit Eva einschlafen zu lassen, gehofft, ihr Stolz würde sie hindern, von sich aus wieder einen Annäherungsversuch zu unternehmen. Begegneten wir uns im Amt, so würden wir uns kühl-kollegial grüßen, hatte ich mir vorgestellt. Sie hat meine Neugier nach allem, was mit S. zusammenhing, mit dem sie mehr als drei Jahre lang eng befreundet gewesen ist, nie begriffen, so wie sie wahrscheinlich auch S. nicht verstanden hat. Er hatte ihrer Meinung nach keine Ahnung vom *wirklichen Leben*. Oft, so erzählte sie, schwiegen sie lange miteinander, als hätten sie sich nichts zu sagen. Wenn er bestellte Bücher vom Buchhändler abgeholt hatte, konnte er seine Ungeduld, bald heimzukommen, um sich in die Lektüre zu vertiefen, kaum bezähmen. Jeden Abend hat er sie in seinem alten VW von der PVA heimgefahren. Im letzten Jahr ihrer Beziehung ist er nur noch selten zu ihr mit hinaufgekommen. Wenn er in ihrer Wohnung stand und sie im Arm hielt, habe sie gespürt, daß sein Blick etwas Abwesendes, in eine imaginäre Ferne gerichtetes gehabt habe. Zwei Tage, bevor er verschwand, sei er kurz bei ihr gewesen. Sein Auto habe er auf einem der Abstellplätze bei ihrem Block stehen lassen. Während sich in den ersten Wochen einige Blockbewohner wegen des Wagens aufregten (über einen neuen Nachbarn kümmerten sie sich nicht, aber jede Veränderung auf den Autoabstellplätzen registrierten sie genau), stehe er nun schon über drei Jahre hier, ein vertrautes Bild, sie denke nicht einmal mehr an S., wenn sie den Wagen sehe …

Bald ist es ein Jahr, daß Atzmeier mir von S. erzählte, nachdem ich ihm eine Aktennotiz gezeigt hatte, auf die ich beim Bearbeiten eines Pensionsaktes gestoßen war, ein Blatt mit einer handschriftlichen Notiz zur Ruhensbestimmung, die auf die Rente eines Versicherten angewendet werden sollte. Auf diesem Blatt befand sich ein Fettfleck, wahrscheinlich von einem Butterbrot, das ein Kollege vor Jahren achtlos auf dem aufgeschlagenen Akt liegen gehabt hatte, und ein handschriftlicher Vermerk mit roter Tinte: *Nicht von mir*, und ein S als Unterschrift. S. sei ein Ästhet gewesen, hatte Atzmeier mir erklärt, und dieser Fettfleck ihm sicher ein Greuel. Einige hingestreute Charakterisierungen dieses früheren Kollegen, der, so nahm man an, irgendwo im Ausland untergetaucht sei, machten mich neugierig. Von einem Tag auf den anderen war er nicht mehr in der PVA erschienen, und nicht einmal seine Eltern hatten jemals wieder etwas von ihm gehört. Er sei mit einer Kollegin hier aus dem Amt liiert gewesen, Eva Schwab, die würde ich sicher beim jährlichen Anstalts-Riesentorlauf in Saalbach kennenlernen. Es war Faschingsdienstag gewesen, und halbleere Rotweingläser standen auf den Tischen, Kollegen besuchten sich von Büro zu

Büro. Sogar Atzmeier hatte ein Glas getrunken und wirkte weniger vorgesetztenhaft, und es war ihm nicht weiter aufgefallen, daß ich fortfuhr, ihm Fragen über S. zu stellen. Mein erster Fasching in der PVA, aber ich kannte das Getue solcher Tage von der »Zürcher Cosmos«, bei der ich vorher, nach dem Abbruch meines Studiums, zwei Jahre gearbeitet hatte. Am Aschermittwoch dann alle wieder gebührend griesgrämig und förmlich. Was war es damals ganz am Anfang eigentlich gewesen, das meine Neugier wachgerufen hatte an diesem ehemaligen Sachbearbeiter und Prüfer der Anstalt? Sicher hatte ich bedauert, daß S. nicht mehr da war; jemanden, der Doderer las, Reisen nach Marokko, nach dem Iran und anderswohin unternahm, allein, ohne Reisegesellschaften, jemanden, der die »großen Philosophen« kannte (Atzmeier), hätte ich gerne als Gesprächspartner gehabt. Die Vorstellung, er säße in einem Büro vis-à-vis von meinem, nur durch den Gang getrennt, und ich könnte in der 10-Uhr-Pause hinüber und ein Gespräch mit ihm anfangen. Während ich vorhin den Tee ziehen ließ, prüfte ich, was ich von den gestern nacht im Bett noch bekritzelten Blättern hier abgeschrieben habe.

Es war spät geworden, und auf dem Heimweg vom Kino beschloß ich, heute einen Vormerkkalender zu kaufen und wieder mit Eintragungen zu beginnen. Es gelingt mir nicht, präzise auszudrücken, wie es dazu kam, daß S. eine solche Faszination über mich gewinnen konnte. Hatte ich in eine andere Haut schlüpfen wollen, will ich das? Hoffte ich bei S. das *wahre Leben* zu finden? Wenn Egger mir einen anderen Akt gebracht hätte, am Faschingsdienstag vor einem Jahr? Atzmeier hätte mir ohne den Anlaß des verunzierten Formulars wohl nie von S. erzählt; seit er versetzt ist, in die Abteilung der Prüfer (wie seinerzeit auch S.), treffe ich ihn ohnehin kaum noch. Wie wäre dieses letzte Jahr verlaufen, ohne die Beschäftigung mit S.? Hätte ich weiter bei Margot ein wenig Halt gesucht?

Eva hat mich überrumpelt, gestern. Ausgerechnet, als der Direktor der Unfallabteilung in meinem Zimmer stand, gegen neun, mir zwei Ballkarten anbot und ich schon ablehnen wollte, kam sie herein, ein paar Aktendeckel wie einen Schutzschild an die Brust gepreßt, und Litzl, immer Kavalier: Wie gut ihr das Kostüm stehe, mit wem sie denn heuer die Ballsaison bestreite? Sie, ermuntert, legte die Akten auf meinen Schreibtisch und deutete unsicher lächelnd auf mich. »Na also! Hier haben Sie die Karten und viel Spaß, Sie Glückspilz!« Etwas verlegen standen wir uns dann allein gegenüber, sie kam um den Tisch herum, nestelte an meiner Krawatte, ob ich Skilaufen gewesen sei, warum ich nicht angerufen habe … Und ich schloß sie, um nicht antworten zu müssen, in die Arme, ließ sie gleich darauf los, als hätte ich was an der Tür gehört, und wie um mich zu bestätigen, kam Maringer herein, er hatte sich wie jeden Montag in der Trafik drunten die Totoscheine geholt. Eva kritzelte etwas auf meinen Schmierblock und verließ mich mit ihren Ordnern, welche, wie bei allen Kollegen, die sich gegenseitig besuchen, bloß ein Vorwand sind, falls ein Vorgesetzter ins Zimmer tritt. »Heute abend bei mir, gegen acht, magst du?«

Mich zehn Minuten vor sechs aus dem Gebäude geschlichen, wollte in die Buchhandlung, bevor sie schließt.

Kam mit einem viel zu teuren Buch heraus, in dem ich beim Durchblättern und Anlesen stutzig geworden war: Schon lange wollte ich etwas Ausführliches über die Koans der Zen-Lehre. Der Titel *Niederschrift von der smaragdenen Felswand* ließ mich nach dem Buch greifen.

Mittwoch. Es ist nach 2 Uhr, ich komme von Eva, müde, und gleichzeitig lebendig wie schon lange nicht mehr. Sie hatte Kreuzschmerzen, legte sich aufs Sofa, und ich massierte ihr das Genick und den Rücken, immer tiefer schob ich den Bademantel, bis sie aus den Ärmeln schlüpfen mußte. Zum Schluß griff ich hinein und strich ihr mit den Fingerspitzen über die Brüste, sie wehrte kichernd ab; erregt legte ich mich neben sie.

Wieder bei Eva gewesen, beinahe wäre ich geblieben, es war schon nach Mitternacht, als ich ging. Im Büro unausgeschlafen, abwesend, Maringer hat wieder mit seinen Kieferhöhlen zu tun, unentwegt schnieft er. Die verdammte Klimaanlage. Auch ich spüre dauernd ein drohendes Kratzen in der Luftröhre. Kritzelte tagsüber im Büro Notizen auf Zettel, über die letzten Tage. Ein köstliches Gefühl der Zärtlichkeit für sie.

Sonntag. *Heraus aus dem Gras – ins Gras hinein* … Seit gestern habe ich einen Schlüssel zu Evas Wohnung, und das heißt, Zugang zu S.' Schriften. Sie hatte keine Lust mehr, aufzustehen und mich hinauszulassen, und so holte ich nach ihrer Anweisung den Reserveschlüssel aus der Lade im Schrank des Vorzimmers. Vielleicht ist ihre Büromiene bloß eine Maske? Ich verschloß die Tür von außen, es war kurz vor halb drei, und beim Heimweg – Neuschnee war gefallen – dachte ich an S.' Aufzeichnungen, an die ich nun herankommen kann. Jeden Abend versuche ich ein paar Zeilen aus dem Bi-Yän-Lu auswendig zu lernen.

Gestern vormittag ist sie zu ihren Eltern nach Gmunden gefahren, die ihren fünfundzwanzigsten Hochzeitstag feiern. Vielleicht schaue ich am Abend eine Stunde in ihre Wohnung. Aber ich habe so viel zu notieren, ich vermag den Ereignissen nicht zu folgen. Welche ist nun die echte Eva, die aus der Anstalt, wie ich sie seit zirka zehn Monaten kenne, mit der ich mich an Wochenenden seit einem guten halben Jahr manchmal treffe, zu einem Spaziergang, Kino- oder Konzertbesuch – oder die Eva der letzten Woche, insbesondere der Nacht von Freitag auf Samstag? Ich scheine eine Eroberung gemacht zu haben, mühelos, und da ich mich nicht verändert habe, muß in ihr etwas vorgehen, etwas, das ich nicht begreife. Man verliebt sich doch nicht plötzlich in einen Menschen, den man schon fast ein Jahr kennt und zu dem man sich meist reserviert verhalten hat. Hat sie ihrem Junior-Chef (Leder-Kessler) endgültig den Laufpaß gegeben? Die zwei Stunden gestern in Evas Garçonniere. Das Gefühl, etwas Unerlaubtes zu tun, als ich in die Wohnung trat. Jessica hat sie gottlob mitgenommen, sie hätte mich irritiert. Große Unordnung überall, das ungemachte Bett, ein rosa Seidenschal darin und ihr zerknülltes, hauchdünnes Nachthemd; ich hätte große Lust gehabt, den angehäuften Berg von schmutzigem Geschirr in der Küche zu säubern und einzuräumen, aber ich konnte schwer abschätzen, wie sie darauf reagiert hätte. Wer weiß, ob sie den Schlüssel nicht in den nächsten Tagen zurückverlangte? Ich öffnete Läden, Schranktüren, suchte die Mappe, die sie mir am Freitag gezeigt hatte. (S. hat sie ihr vor Jahren zugeschickt, wie sie sagte.) Leider hat sie den Umschlag weggeworfen, es war nicht mehr festzustellen, in welchem Land, in welcher Stadt die Sendung aufgegeben worden war. Um dieses Manuskriptbündel ging es mir bei dem Besuch, und ich fand es in einer Schublade der Kommode, unter einem Haufen alter Bankauszüge (das Konto dauernd überzogen!), Fotografien, Urlaubs-Ansichtskarten, Briefe. Ich setzte mich mit der Mappe, in die die Blätter eingeheftet sind, auf das Sofa am Fenster. Draußen Autotürenzuschlagen, Autotürenöffnen, Stimmen, irgendwo lief ein Radio, eine Fußballübertragung. Die obersten paar Blätter drinnen lassen, dachte ich, den Rest der Mappe mit irgendwelchen Papieren füllen und die Schrift mitnehmen, um sie zu Hause ungestört lesen zu können. Eva nimmt die Mappe ohnehin nicht in die Hand. Konnte mich nicht aufs Lesen der beschriebenen Blätter konzentrieren. Er lebt womöglich noch, dachte ich, führt irgendwo ein Leben mit einer neuen Identität. Ich las was von einer langen nächtlichen Autofahrt, einer »Doctora«, einer Stadt namens Alice. Einmal schreckte ich hoch, als das Telefon am Boden neben dem Bett schellte. Dann wurde es dämmerig, zu finster zum Lesen, und ich wollte kein Licht anknipsen. Auch machte sich der fehlende Schlaf der letzten Nächte bemerkbar. Ob S. es guthieße, daß ich in seinen Aufzeichnungen lese?

Vor acht, neun Monaten wäre ich selig gewesen, wenn Eva sich mir ein wenig zugewendet hätte; im Mai, Juni, Juli war ich heftig in sie verliebt. Sie hat mich ganz schön gegängelt damals. Manchmal schien sie mir zugeneigt, sagte, sie wolle »was unternehmen mit mir«, dann wieder wich sie aus, gab vor, keine Zeit zu haben, wenn ich sie um ein Rendezvous fragte.

Dachte ich mir dann, hab mich gern, zog mich zurück, dann lockte sie wieder, mit einem Blick in der Kantine, oder sie rief mich an, fragte, ob der Vize in unserem Büro sei, plauderte in einem Ton, der mich wieder weich werden ließ ... Damals war sie für mich nicht bloß jemand, der mir etwas über S. erzählen konnte. Wahrscheinlich hätte ich mich aber (wegen S.) gescheut, sie zu küssen. Warum hat er ausgerechnet ihr seine Tagebuch-Aufzeichnungen geschickt? Offensichtlich hat sie nicht eine Seite davon angeschaut. Als ich sie am Freitag fragte, ob ich einmal darin lesen dürfe, schüttelte sie den Kopf und räumte die Mappe fort. Denkt sie, es stehe darin etwas über sie geschrieben, etwas sie Bloßstellendes? Ich muß mir immer wieder sagen: Ich mache mir ein falsches Bild von ihm. Füge mir aus den Erzählungen Atzmeiers, Evas und einiger anderer Kollegen ein falsches Mosaik zusammen. Wahrscheinlich ist mir dies Ende Dezember bewußt geworden, deshalb der plötzliche Ekel, Ich stand auf der neuen Josefiau-Brücke, zerfetzelte den Kalender und ließ die Schnitzel der Blätter in die Salzach segeln, sah zu, wie sie von der Strömung davongetragen wurden. Meine literarischen Ambitionen, vor zwei, drei Jahren, trotz des großen Arbeitsdruckes bei der »Zürcher Cosmos«. Wollte einmal einen Roman schreiben, besorgte mir eine Packung Kanzleipapier. Aber dann hatte ich angefangen, ein eifriger Kinogeher zu werden. Ein Film konnte gar nicht so blöd sein, daß ich mich nicht mit tiefer Befriedigung in ihn versenkt hätte. Als sei die Banalität meines Lebens auf jeden Fall immer noch himmelschreiender.

Der letzte Silvesterabend, mit Spitzy, Klaus und Salzer im Sternbräu. Zahnstocher und Zigarettenasche in den Biergläsern, unterm Tisch Reis und das halbe Schnitzel von Klaus, Gegrunze, Gewieher, die verstörte Kellnerin; auf dem Heimweg schwor ich mir: Nie wieder mit diesen Affen … Am nächsten Morgen am Kai, strahlende Sonne, kein Mensch unterwegs, und das Gefühl, es kann dir nichts geschehen. Das alte Weiblein im Volksgarten, krumm, fleckiger dünner Mantel, das einen mit allerlei Gerümpel aus Mülltonnen angefüllten Kinderwagen unendlich mühsam vorwärtsruckte, ihr runzeliges Gesicht, die strähnigen weißen Haare, und das kranke eine Auge, das bläuliche, durchsichtige Lid herabgezogen wie bei einem kranken Vogel. Ich half ihr den Wagen über die von den Autos gescheuerten hohen Eisrillen zu schieben, als sie in die Geroldgasse einbiegen wollte. Wie sie mich ansah dann, wie das kranke Augenlid zuckte, ich ertrug es nicht.

Abends. Wie hat E. ursprünglich auf mich gewirkt? Am liebsten wäre ich damals wieder umgekehrt, als ich mit meinen alten Skiern in der Früh bei den drei Autobussen vor der PVA eintraf, denn als ich auf die in Gruppen beieinander stehenden Kollegen stieß, genierte ich mich wegen meiner veralteten Skikleidung, den zerkratzten Skiern. Rasch zog ich den altmodischen Anorak aus; der Pullover, den ich anhatte, wenigstens war passabel. Atzmeier saß schon in einem der Busse, ich sah ihn durchs

Fenster winken, und er schien sich zu freuen, daß ich mich neben ihn setzte. Eva sah ich allerdings erst auf der Skipiste, denn sie war im Dienstwagen einer der Direktoren nach Saalbach gefahren. Meine Erinnerung an sie setzt ein, als wir schon alle im Saal des Gasthofes »Zur Post« saßen, in den wir am späten Nachmittag einkehrten, wo die Preisverteilung nach dem Torlauf stattfand und nachher das Essen und »gemütliches Beisammensein«. Atzmeier, den ich fragte, zeigte mir Eva; am Tisch der Direktoren sah ich sie sitzen, das also war sie, schon öfter hatte ich sie in einem der Gänge der Anstalt, auf der Treppe oder im Lift gesehen. Ich war vierzehnter von zweiundvierzig männlichen Teilnehmern geworden (wirklich gute Skiläufer gab es in der PVA höchstens fünf oder sechs) und erhielt als Preis eine schöne Kassette mit Bütten-Briefpapier. Die meisten Kollegen und auch Kolleginnen waren zum Zeitpunkt des Starts schon so angesäuselt von den Schnapskostproben in der Wirtschaft der Liftstation, daß sie die Torstangen verfehlten. Mehr aus Verlegenheit, weil ich mir so nüchtern und steif vorkam (Atzmeier nippte bloß ab und zu an seinem Weinglas, schüttelte den Kopf über die ausgelassenen Kollegen: »Es ist immer das gleiche ...«), trank ich ein Glas nach dem anderen, und bald war ich soweit, daß ich aufstand und die kleine Ritzer, die auf unserer Etage die Jause holt, zum Tanz aufforderte. Sie, sonst gehemmt und sich ihres Status als einer der untersten in der Hierarchie der PVA bewußt, genoß es, daß an diesem Betriebsausflug die Rangordnung ein wenig durcheinander geriet. Tatsächlich waren im Saal die Direktoren die Unauffälligsten und Stillsten, als sei dies hier nicht ihr Element, jedoch die, die sich sonst duckten und nichts zu reden hatten, die Ausgelassensten. Die Ritzer jedenfalls quietschlebendig und erfrischend. Und hatten eine halbe Stunde vorher noch vom Tisch und von der Sehweise Atzmeiers aus die lustigen jungen Kollegen ein wenig albern auf mich gewirkt, wie sie sich gehen ließen, sich betranken, so erschien mir nun, als ich mit Fräulein Ritzer am Tisch von Atzmeier vorbeiwirbelte, eher komisch, wie er sich mit seinen zweiunddreißig Jahren über die »Jugend« mokierte, er und einige der Abteilungsleiter und Prüfer, während sich die drei Direktoren durchaus zu amüsieren schienen, wenn sie auch mit ihren dunklen Anzügen etwas von der übrigen Belegschaft, die Skihosen und Pullover trug, abstachen. Ich sah Eva mehrmals mit Stieglecker tanzen. Etwas gespreizt schien sie mir, als geniere sie sich über das ausgelassene Fußvolk der Kollegen, als sei ihr der Rahmen hier nicht fein genug. Sie gefiel mir, in ihrem quergestreiften grün-blauen Pullover, aber es gelüstete mich vorerst nicht, sie zum Tanzen aufzufordern, ich hatte Angst, abgewiesen zu werden und, von allen beobachtet, zurück zu meinem Tisch gehen zu müssen. Und doch habe ich an jenem Abend noch mit ihr getanzt, gegen Mitternacht, als alle sich schon in Aufbruchstimmung befanden. Während die Direktoren sich früher hatten heimfahren lassen, war Eva noch geblieben, vielleicht hatte der bisherige Verlauf des Abends sie doch nicht ganz befriedigt. Die Kapelle spielte immer noch, zwei oder drei Pärchen drehten sich zu einem Blues, kurzentschlossen stand ich auf, ging zu ihrem Tisch, ob sie noch ein letztes Mal tanzen wolle. Sie schien mich zu kennen. Während wir uns wiegten und drehten, meinte sie, Herr Stieglecker halte viel von mir, doch doch, ob ich nicht vorher bei der »Zürcher Cosmos« gewesen sei? Übrigens habe sie meine Bewerbungspapiere gesehen, die gingen alle durch ihre Hände. Mittendrin hörte die Kapelle auf zu spielen, die Musiker packten ihre Instrumente ein. Ob wir uns nicht im Autobus weiter unterhalten könnten, fragte ich sie. So kam es, daß sie neben mir saß, im Finstern, während der Bus uns in die Stadt zurückfuhr. Es wurde nicht viel geredet, die meisten waren träge, nur in der hintersten Reihe schäkerten ein paar Unermüdliche. Eva lehnte ihren Kopf an meine Schulter, und auch mich schläferte das rhythmische Schaukeln ein. Ich wagte nicht, sie zu berühren, meinen Arm um sie zu legen; ihre Anschmiegsamkeit war wohl eine Folge des Trinkens. Mir ging es damals weniger um eine Liebelei – ich wollte alles über S. erfahren und nicht riskieren, daß sie am nächsten Tag, ernüchtert, nicht gut zu sprechen war auf mich, weil ich mir vielleicht zu viel herausgenommen hatte.

Nur kein Suchen hinter andern her! Weit, o weit entfremdet's dich dir selbst … Wann habe ich ihr zum ersten Mal Fragen über S. gestellt, und welche? Im grünen Taschenkalender hatte ich all das notiert gehabt. Ich ließ wohl nach dem Skitag zwei Wochen verstreichen, ehe ich sie ansprach, denn am folgenden Tag hatte sie meinen Gruß auf dem Gang nur kühl beantwortet, so als hätte es sich bei der Eva im Bus um ihre Zwillingsschwester gehandelt. Als sie dann eines Abends nach Dienstschluß auf der Treppe meinen Gruß freundlich erwiderte und ich sie kurzerhand fragte, ob sie am Wochenende Lust habe zu einem Kinobesuch mit mir –

wenn sie nichts Besseres vorhabe –, da erwiderte sie, es könne sein, daß sie wegfahre, es hänge vom Wetter ab. Ich ließ nicht locker. Atzmeier hatte ich nach und nach völlig ausgequetscht über alles, was mit S. zusammenhing, von ihm war nichts mehr zu erwarten. Als ich Eva am Freitagnachmittag anrief, war sie zugänglich, wir verabredeten uns für Sonntagnachmittag. Den Film müsse ich aussuchen, sie verstehe nichts davon, sie gehe sehr selten ins Kino. Jedesmal, wenn ich mich an jenes erste Rendezvous erinnere, schaudert es mich. Sie hatte sich verspätet um eine Viertelstunde, entschuldigte sich aber nicht, benahm sich vielmehr so, als hätte sie auf mich warten müssen. Hübsch war sie anzusehen in ihrem hellen Burberrymantel, blauen Seidentuch und den langen blonden Haaren (in der PVA trug sie sie immer hochgesteckt). Über den Film konnten wir uns nicht einigen, sie schien überhaupt wenig Lust zu haben, war launisch, wir schlenderten durch die Gassen, als gehörten wir nicht zusammen, und jeden Moment erwartete ich den Satz, sie wolle jetzt nach Hause, sie habe keine Lust, ins Kino zu gehen. An diesem Tag war nicht daran zu denken, sie über S. zu befragen; es ging nur noch darum, es sich mit ihr nicht zu verderben, so daß bald ein neues Treffen angebahnt werden konnte. Ich würde mich dann besser darauf vorbereiten; für diesmal war ich nicht mehr in der Lage, die Stimmung zu beeinflussen. Plötzlich, ohne ersichtlichen Grund, heiterte die Atmosphäre sich auf; sie hatte vor dem Schaufenster eines Schuhgeschäfts angehalten, eine junge Kollegin aus dem Amt war uns begegnet, hatte gegrüßt, Eva fragte mich, ob ihr die Sandalen, auf die sie wies, wohl stünden, und dann, was denn das im »Artis« für ein

Film sei, »Elisa, mein Leben«. Ich erzählte, was ich aus der Zeitung wußte, eine Tochter besuche ihren alten Vater auf dem Land irgendwo in Spanien, der vor Jahren seine Familie verlassen und sich in ein einsam gelegenes altes Bauernhaus zurückgezogen habe … Während ich die Sätze aussprach, merkte ich den möglichen Zusammenhang mit S., es war mir vorher nicht aufgefallen, ich bemühte mich, es beiläufig klingen zu lassen; eigentlich gehe es aber um die Tochter, ihre Probleme mit ihrem Ehemann … Vielleicht, so dachte ich, gäbe es nach der Filmvorführung eine Anknüpfmöglichkeit. Aber nachher, ehe ich sie fragen konnte, ob ich sie nach Hause begleiten dürfe, meinte sie: »So, jetzt muß ich mich beeilen, mein Wagen steht am Rudolfs-Kai.« Ich tröstete mich damit, daß ich jetzt jederzeit auf den Film zurückkommen konnte. Sie dann unauffällig zu fragen, ob sie von dem ehemaligen Kollegen aus der PVA gehört habe, der … Zu plump! – Ich muß meine Sympathie für den Luis aus dem Film hervorheben und abwarten, wie sie darauf reagiert, hatte ich gedacht.

Kurz vor der Mittagspause rief sie an, ob ich am Abend ein bißchen zu ihr kommen wolle. Sie habe ihren Gymnastikkurs, aber um halbneun sei sie zuhause. Als ich nicht gerade begeistert zusagte, meinte sie, vielleicht doch besser heute nicht, sie sei dann sowieso müde und wolle sich auch noch die Haare waschen. Ich ging trotzdem hin (Hintergedanke!) Hielt sie im Arm, Küsse. Auf dem Sofa die Katze, alle viere von sich gestreckt. Sagte dann, mit Blick auf die Sauerei in der Küche: »Da müssen einmal die Heinzelmännchen kommen.« In einem Ton, als meinte ich es nicht unbedingt ernst. Sie drückte mich fester. Das kann ich (sollte es ihr hinterher nicht recht sein, daß ich während ihrer Abwesenheit die Wohnung betrete), als Zustimmung gedeutet haben. Der alte Dreyfuß, als er am Nachmittag kam, um die Akten abzuholen, erzählte von einem Versicherungsbetrug, auf den die Prüfer letzte Woche gekommen seien. Jemand habe sich unter der Versicherungsnummer eines Verstorbenen seit Jahren eine hohe Pension überweisen lassen. Die Spur führe über die Raiffeisenkasse Hallein zur Cassa di Risparmio in Brescia. An der EDV sei manipuliert worden. Ich horchte elektrisiert auf, dachte an S., da die Mappe ja, wie E. sich zu erinnern glaubte, aus Italien geschickt worden war. Es gefiele mir sehr, wenn S. etwas damit zu tun hätte. Lieber S., falls du noch lebst, falls du zurückkommst, dich Eva wieder näherst: Sie empfindet nichts mehr für dich. Ich meine, es kann dir nichts ausmachen, daß ich bei ihr diesen Platz einnehme, gewissermaßen … Ich habe sie nicht *besessen*, dazu war ich neulich nicht imstande. Die lang aufgestaute Spannung löste sich wie von selber. Die beinharte E., im Amt von vielen gefürchtet (ein Wort von ihr konnte eventuell eine Beförderung verzögern, oder gar verhindern), war unglaublich scheu und wie verwunschen, als wir uns das Gewand abgestreift hatten und uns aneinanderschmiegten.

Sie drängte sich so heftig an mich, als könnte sie so ihre Nacktheit verbergen. Ich erkannte sie nicht wieder. Wie ist sie vor fünf Jahren gewesen? Damals war sie noch eine Schreibkraft, eine von fünfen im Schreibsaal. Werde ich aus S.' Papieren auch etwas über die frühere Eva erfahren?

Das Ergebnis der zwei Urlaubswochen, der Unruhe, des täglichen stundenlangen Umherlaufens, der krampfhaften Suche nach dem Zipfel eines anderen Lebens, des Versuches, aus dem kleinen Kreis, den ich um mich gezogen hatte, herauszuhüpfen, ist einzig die Einsicht: Du bist nichts und wirst nie etwas sein, du weißt nicht einmal, wie dein sehnsüchtig herbeigewünschtes anderes Leben aussehen soll. Wieder die Ansichtskarte in der Hand gehabt und gelesen, die S. vor Jahren aus Marokko geschrieben hat und die ich von Atzmeiers Schrank-Seitenwand, wo sie mit einem Klebestreifen befestigt war, geklaut habe.

Der größte Teil von S.' Aufzeichnungen liegt neben mir. Die ersten paar Blätter und die letzten habe ich vorläufig in der Mappe gelassen. Es war in der Mittagspause, heute, daß ich in die Merianstraße lief. Während ich ihr Geschirr abwusch (es war nicht mehr die aufgetürmte Menge von der letzten Woche), biß ich von der Wurstsemmel, die ich mir unterwegs gekauft hatte. Evas Zuneigung rührt mich tief, insbesondere, da ich ahne, daß jemand wie ich nicht gerade ihr männliches Wunschbild verkörpert. Ich möchte ja so werden wie der, der ihr anscheinend immer fremder geworden ist.

Gab einer plötzlichen Gefühlswallung nach, schlich mich am Vormittag für eine Viertelstunde aus dem Büro, ließ E. von der Blumenhandlung sieben rote Rosen schicken, ohne Kärtchen. Um halb zwölf rief sie mich an. Die Heinzelmännchen seien gestern da gewesen … Ihr (von mir erhofftes) Dankeschön bewirkte, daß ich mir vornahm, ihr diesen kleinen Dienst öfter zu erweisen, auch wenn es in ihrer Wohnung nun für mich nichts mehr zu holen gibt. »Ich hab was geschickt gekriegt«, sagte sie, tastend (sie war sich also nicht sicher, von wem die Blumen kamen). »Das ist aber schnell gegangen«, sagte ich, und sie: »Kommst einen Sprung herauf, der Chef ist bei einer Besprechung.« Sie strahlte dann, drückte mich an sich. »Kommst am Abend ein bißchen?« Gottlob fiel ihr ein, daß sie eine Freundin eingeladen habe. Ja, morgen paßt es auch mir besser, erwiderte ich. Ich fügte hinzu, Wange an Wange, sie möge etwas Geduld haben mit mir, das alles sei für mich so überraschend gekommen, ganz unwirklich scheine es mir manchmal.

Sieben Monate bin ich nicht in Alice Springs gewesen, seit Juli, als ich das Hospital verließ. Auf dem Post Office kein Brief von Eve … Der Satz, den ich am Dienstag in S.' Manuskript gelesen hatte, ging mir wieder im Kopf herum, abends auf dem Heimweg. Eine halbe Stunde hatte ich bei ihr verweilen wollen, zwei Stunden waren daraus geworden. Sie schaute sich mit mir den Film »The Misfits« an, saß auf meinem Schoß, im Fauteuil, ich hatte meinen Kopf gegen ihre Schulter gelehnt, die Augen meist geschlossen. Sie fühle sich nicht recht wohl, ein Kratzen im Hals. Mit dem Hin- und Rückweg kostete mich dieser Besuch mehr als zweieinhalb Stunden, und als ich endlich an meinem kleinen Schreibtisch saß, hatte mein Körper die Bettschwere erreicht. Bin im Büro oft schläfrig, das ganze Gebäude ist ständig überheizt.

Keine Nachricht von Eve, was heißt das? Naheliegend wäre, anzunehmen, Eve ist gleich Eva. Hat er tatsächlich

Briefe von Eva erwartet? Das hieße ja, daß er ihr geschrieben hatte. Als ich meine Wange an ihre Schulter geschmiegt hielt, konnte ich mich kaum beherrschen, Eva zu fragen, ob sie denn S.' Anschrift in Australien gekannt habe. Wie hätte sie reagiert? Sie hat überhaupt nie etwas von Australien erwähnt. Vor Monaten hatte sie auf eine ähnliche Frage geantwortet, S. sei von einem Tag auf den anderen verschwunden gewesen und sie habe nichts mehr von ihm gehört. Aber damals hatte sie auch die Zusendung der Aufzeichnungen nicht erwähnt.

2

Die Doctora hatte mir in den letzten Wochen, seit es feststand, daß ihre Tochter Helen ihre Ferien bei uns in Goosenegg verbringen werde, von ihr erzählt; ich war zumindest neugierig auf sie. Aber während der achtstündigen Fahrt auf der roten Sandpiste, um sie in Alice abzuholen, dachte ich nur an den Brief von Eve, der mich sicherlich im Post-Office erwarten würde. Die unbeschreibliche Sekunde der Gewißheit, hinter Curtin Springs, als ich geradewegs in den aufsteigenden Sonnenball hineinzufahren schien, dieser tatsächlich unwiederbringliche Augenblick der Zusammenschau, in dem ich mein ganzes bisheriges Leben begriff, den Sinn meines Hierseins, des Getrenntseins von Eve ... Das war wohl auch der Anlaß, daß ich hier beginne, alles aufzuschreiben ... Die Hoffnung, durch das Schreiben, das Heraufbeschwören verflossener Ereignisse, dieses visionäre Ganzheitserlebnis wieder zu erreichen, eines Abends, während ich mich übers Papier beuge? Nachdem ich ernüchtert aus dem Post Office kam, fragte ich mich, ob diese Vision, die mir auch wie die Vorankündigung eines großen Ereignisses erschienen war, sich womöglich auf die Ankunft von Helen beziehe. Aber sowie ich sie die Gangway herunter- und näherkommen sah, sie ihr Zahnfleisch entblößte, mir etwas bemüht zulächelte, glaubte ich zu wissen, daß Helen in meinem Leben keine große Rolle spielen würde ... Schlief heute bis in den Nachmittag hinein, und jetzt, nach dem Abendessen, bin ich schon wieder erschöpft; die sechzehnstündige Fahrt auf der buckligen Piste hat mich hergenommen. Nach dem Essen ging ich vor der Hütte auf und ab, es wurde kühl, drinnen wuschen die Doctora und Helen das Geschirr ab, ich zog mich zurück in meinen Verschlag, den ich in den letzten zwei Wochen gezimmert hatte (Helen bewohnte nun meine Kammer), ließ mich auf die Matratze fallen. Etwas später, als es kalt wurde, fühlte ich mich erfrischt, ich ging hinaus, der Mond schimmerte fahl hinter einer Wolkenformation hervor, durchs Fenster sah ich die beiden im *Salon* sitzen und sich erzählen. Für eine Weile würde ich mir ein wenig überflüssig vorkommen. Wenigstens vermißte die Alte mich nicht, wenn ich mich selbständig machte. Das Farbband ihrer alten Remington war ausgeschrieben. Ich ging wieder in meinen Bau, nahm die Holztafel mit ein paar Blatt Papier zur Hand und fing an zu notieren …

3

Ab heute notiere ich in dieses Heft, da die Seiten des Vormerkkalenders meine Notizen nicht faßten (er ist schon gespickt mit vollgekritzelten Einlageblättern), auch wenn ich meine Schrift noch so sehr verkleinerte (und sie somit der von S. annäherte). Hätte ich doch meine sinnlos vertanen zwei Wochen Urlaub noch vor mir! Ungestört könnte ich jetzt das Manuskript lesen. Eva ist heute nach Dienstschluß mit ihren Skiern nach Zell am See gefahren (ich murmelte ein »schade, dann sehen wir uns nicht bis Montag«). Ein Onkel von ihr besitzt eine Hütte im schönsten Skigebiet der Schmittenhöhe. Ich bin mit ihr gegangen, hab ihr geholfen, die Skier aus dem Keller zu tragen und am Skiträger ihres Wagens zu befestigen; die übrige Ausrüstung hatte sie bereits verstaut. Ich winkte, bis ihr elfenbeinfarbener Austin um die Ecke bog.

Mitternacht. Es scheint S. zuerst in die USA, dann nach Australien verschlagen zu haben. Fünfundzwanzig Seiten habe ich gelesen. Sind es nun eigene Erlebnisse, von S., die er niedergeschrieben hat? Immer wieder: Wer ist diese Eve?

Die Lektüre der ersten Blätter des Manuskripts ließ mir gestern noch lange keine Ruhe, mir ist, als habe ich sogar von Australien geträumt heute Nacht. Die Landkarte, die ich zu Mittag gekauft habe, an die Wand über mein Bett geheftet. Den Ort Goosenegg konnte ich nicht entdecken bis jetzt. Wenn die Aufzeichnungen von einem real existierenden Ort zeugen, so müßte das Anwesen der *Doctora* irgendwo in der Nähe der Gibson-Wüste liegen. (Ich schätzte, wie viele Kilometer man auf solch einer Sandpiste in acht Stunden fahren kann, maß mit dem Lineal nach dem auf der Karte angegebenen Maßstab eine entsprechende Strecke nach Westen.) Mir fiel ein, daß ich einen Cousin in Melbourne habe, Erich. Vor Jahren hat er uns zu Weihnachten eine Karte geschrieben. Müßte Tante Bärbel anrufen, um die Adresse bitten. (Lieber Erich, kannst du mir bitte eine genaue Karte von Zentral-Australien schikken, speziell über das Gebiet rund um Alice Springs ...)

Als wäre S. im dunklen Eck meines Zimmers gesessen und hätte mir selbst alles berichtet. Ich meinte, den Tonfall seiner Stimme zu hören.

Ich sah ihn, wie er, an die eiserne Planke gelehnt, auf die Ankunft der Maschine aus Sydney wartete. Resümee: Um Helen, die Tochter der Doctora abzuholen, fährt er mit dem *Morlock* (eine Art Jeep?) um drei Uhr morgens von einem Ort namens Goosenegg, wo er und die Doctora hausen, nach Alice Springs und kommt dort am späten Vormittag an. Bis zur Ankunft des Flugzeuges hat er noch Zeit, um im Postamt und bei American Express nach einem Brief von Eve zu fragen und Einkäufe zu erledigen. Das Flugzeug hat Verspätung. Er sitzt auf einer schattigen Terrasse und schreibt an Eve, adressiert das Kuvert an ihre Eltern in Milwaukee. Gegen 16 Uhr kommt Helen endlich an. Sie beeindruckt ihn nicht besonders, benimmt sich ein wenig wie eine »höhere Pensionatstochter«. Auf der Rückfahrt halten sie eine

Stunde vor der Wirtschaft einer großen Ranch, essen, erfrischen sich. Bei einem kleinen Rundgang die merkwürdige Szene, wie eine Kamelkuh, auf der Seite liegend, von einem Kamelhengst gedeckt werden soll. Wie beide zuerst nicht begriffen, was da vor sich ging, und neugierig näher traten. Der Kamelbulle war nicht imstande, in die Kuh einzudringen, drei Farmergehilfen mußten ihm Beistand leisten. Als der Schwengel endlich eingeführt war, drückten zwei hinter dem Bullen hockende Männer mit ihrem ganzen Gewicht gegen sein Hinterteil und vollführten für ihn die Bewegungen. Beide Tiere stöhnten und röhrten, als handelte es sich um eine Schlachtung. S. genoß die Verlegenheit Helens, die aber trotzig stehenblieb, als wolle sie nicht zeigen, daß das Schauspiel sie schockierte. Gegen Mitternacht kamen sie beim Haus der Doctora an und fanden sie quer über ihr Bett geworfen, die Finger so seltsam in die Überwurfdecke gekrallt, daß S. schon erschrocken an einen Herzanfall dachte. Sie war bloß eingeschlafen, während sie auf die beiden gewartet hatte. S., todmüde, legte sich sogleich nieder und schlief durch bis zum Nachmittag des folgenden Tages. Beim Abendessen gefiel ihm Helen besser; sie trug einen bunten Kimono und hatte ihr Haar gelöst. Nachher machte er einen Rundgang ums Gelände. Helen hatte ihm auf der Fahrt erzählt, sie wolle ihre Mutter dazu bewegen, nach Sydney zu ziehen. Für ihr Alter sei das Leben in der abgeschiedenen, unwirtlichen Wüstengegend längst zu beschwerlich. Auf alle Fälle habe sie ihr ein Funkgerät mitgebracht; vorgeschlagen habe sie ihrer Mutter die Anschaffung eines solchen schon vor Jahren.

Sonntag. Sein merkwürdiger Unfall, von dem er Helen auf der Fahrt nach Goosenegg erzählte. Helen fragte ihn, wie es ihn in diese Weltgegend verschlug, wie er ihre Mutter kennengelernt habe.

Er erklärte, er sei mit Eve (»eine gute Freundin«) unterwegs gewesen, von den Vereinigten Staaten nach einem Ort namens Moville. Beim Umsteigen in Alice Springs sei er beim Verlassen der Maschine auf der Gangway gestolpert, hinuntergestürzt, habe sich Schienbein und Arm mehrfach gebrochen, sei ins Krankenhaus gebracht worden. Dabei habe er seine Freundin aus den Augen verloren. Am Ende habe er die Rechnung des Hospitals nicht bezahlen können und nicht gewusst, wie es weitergehen solle, mit seinen paar Dollars.

Dieser erste Teil der Aufzeichnungen handelt also nur von zwei Tagen, dem Tag der Abholung von Helen, und dem darauf folgenden; da er jenen fast zur Gänze verschlief, eigentlich bloß von einem einzigen Tag. Das 14. Blatt ist überschrieben: Bis wir uns wieder finden. Für Eve.

»Hast du nicht gehört?« rief Vater vor dem Mittagessen, »Telefon!«

Er ließ dann die Wohnzimmertür, neugierig wie immer, angelehnt, um zu hören, mit wem ich telefoniere. (Warum ich mir keine eigene Wohnung nähme, hat Eva neulich gefragt. Das habe ich mir längst auch schon überlegt; aber dann wäre ich finanziell so eingeschnürt, daß ich mir gar keine Freiheiten erlauben, nichts ersparen könnte).

Es war Eva, sie rief von dem Bergrestaurant auf der Schmittenhöhe aus an. Es sei ein herrlicher Schnee, aber sie wäre jetzt lieber bei mir. »Liebst du mich noch?« Ja, sicher, sagte ich leise. »Hast du was?« Sie konnte sich wohl denken, daß ich eventuell nicht ungestört war. Ein quälendes Gespräch, und sie wollte nicht aufhören, wartete auf ein zärtliches Wort. Muß das morgen wieder einrenken.

In welcher Zeit spielen die Aufzeichnungen von S.? überlegte ich mir, als ich am Nachmittag zu E.'s Wohnung ging, um die Katze zu füttern und nachzusehen, ob es in der Küche etwas zu tun gab. Zum Beispiel bezeichnet er sich Helen gegenüber als Detroit-Kämpfer und schreibt von einer *Internationalen Brigade,* während in meinem Lexikon lediglich Unruhen (arbeitslose Automobilarbeiter) erwähnt sind. Was hat es mit der *Alten Welt* auf sich? Ist damit Europa gemeint? In Evas Wohnung angelangt, holte ich gleich die Mappe aus der Schublade und las noch einmal die ersten fünf Seiten. Jessica begann Klageschreie auszustoßen, ihr Schweif peitschte umher. Was ist eine Vision, werde ich auch einmal eine haben, und werde ich dann wissen, daß es eine ist? Ich schüttete eine Portion Trockenfutter ins Schüsselchen. Seit ich sie füttere, ist sie etwas anhänglicher geworden.

S. scheint ganz und gar nicht der zu sein, den ich mir vorgestellt habe in den letzten Monaten. Seine Person, gefiltert durch die Sicht von Atzmeier, Eva und anderen, die mir eine Erinnerung an ihn mitgeteilt haben. Abgesehen von dem Eindruck, den ich durch meinen Besuch bei S.' Eltern, im vergangenen August, gewann. (Auch das müßte ich jetzt noch einmal notieren, insbesondere S.' Zimmer beschreiben, das seine Mutter unverändert ließ, seine Bücher und Schallplatten …) Ist es nicht so, daß auch jeder, der *mich* kennt, einen anderen Eindruck von meiner Person hat? Mit Maringer unterhalte ich mich über Fußball oder Kriminalfilme, und der Vizedirektor Leitner kramt, wenn ich ihm an seinem Schreibtisch gegenübersitze, in seinem Gedächtnis nach passenden Zeilen aus dem *Faust*, um mich zu beeindrukken. Und was rede ich mit meinen Eltern?

Dieser S., hätte Atzmeier mir von ihm erzählt, hätte wohl kaum damals mein Interesse dermaßen geweckt. Ich suchte jemanden, einen Freund, mit dem ich reden könnte … Manchmal stelle ich mir vor, wie es wäre, wenn mein Bruder nicht mit dreieinhalb Jahren gestorben wäre. Er wäre jetzt wie S. 31 Jahre alt! Dachte ich, die Beschäftigung mit S. könnte mich vor der Verblödung durch die PVA bewahren, habe ich deshalb seine Spur verfolgt?

Der wunderliche Flöckner begegnete mir auf dem Gang, er schob sein Aktenwägelchen daher, als ich von der Toilette auf den Gang trat, schüttelte mir die Hand: Ob ich wieder zurück sei? Es müßten Jahre sein, daß er mich zuletzt gesehen habe. Was ich getrieben hätte …? Hat sich wohl versprochen, meinte ein paar Wochen. Sein Getue beim Händeschütteln! Vielleicht ist es von allen möglichen Zuständen, in die man nach einigen Jahrzehnten in der PVA geraten kann, noch der liebenswerteste und harmloseste, ein Spinner zu werden. Eva bat mich heute um den Schlüssel. Sie hat ihre achtzehnjährige Cousine aus Zell am See mitgebracht. Hanni werde ein paar Tage bei ihr wohnen.

4

… höre ich das Rasseln und Einschnappen des Scherengitters, als bewohnte ich noch das lausige Apartment oberhalb von Toms Laden, und es sei gerade neun Uhr und er schließe unten auf, spreche kurz mit dem alten Snow, der jeden Morgen in seinem Rollstuhl sitzt, am Gehsteig, neben dem aufgestellten Pappschild *Cucchi frito*, der Schnellbraterei, keine zehn Yard von Pater Lennarts Youth Center. Wie besessen habe ich in den letzten Monaten manchmal die Wörter *Adler's Pharmacy Discount* im Halbschlaf oder auf einem Fußmarsch vor mich hingemurmelt. Lennarts Youth Center, das bloß aus einem einzigen erdgeschossigen Raum bestand, ein wackeliger Tisch, dreißig Stühle, von denen keiner dem anderen glich. Der gutmütige, zuckerkranke Pater Lennart (*Lenny* nannten die verwilderten Früchtchen ihn), grüßte mich immer so freundlich – wahrscheinlich besuchte ich deshalb einmal eine seiner rührend langweiligen Veranstaltungen. Ein Einakter wurde von zwei Mädchen und einem als alten Mann verkleideten Burschen aus seiner Gruppe aufgeführt, ein Rührstück um eine verlorene, ausgeflippte Tochter. Es folgten ein schwachsinniger Vortrag Lennys über Christus' Einstellung zu vorehelichem Sex und die ohrenbetäubende Musiknummer (einer aus vier Burschen bestehenden Band), die ich mir nur zwei Minuten lang anhörte. (Das immer gleiche Schlagergeplärre der allermeisten Bands hielt ich immer weniger aus.) Der Saal hatte sich erst jetzt, als ich ihn verließ, begonnen zu füllen. In der Tür mußte ich an einem bärtigen, greisenhaft wirkenden jungen Kerl vorbei, den ich schon ein paarmal in Toms Pfandleihanstalt bedient hatte. Das alles sei Bullshit, aber wenn *Emerson* rede, *den* müsse ich mir anhören, das sei wie ein guter Schluck, wenn ich verstünde, was er meine.

Emerson ... Wie oft habe ich in den letzten Monaten diesen Namen und den, der ihn trägt, verflucht. Ihm verdanke ich es, daß ich hier an diesem verlassensten Fleck der Erde verbannt bin. Und doch. Ohne ihn wären wir uns wohl nie begegnet, wären wir nicht nach Detroit gegangen, ohne Emerson keine Morgenröte, hinter der *Moville* liegt, unsere Sehnsucht. Emerson! Wie kam Pater Lenny dazu, ihn einzuladen? Lenny, der einst ein paar Bücher, die ich ihm vor meiner Übersiedlung für seine Bibliothek spenden wollte, zurückwies: Das seien nicht die richtigen Bücher für seine Jungs und Mädels. Klassiker wie D. H. Lawrence, Burroughs, Henry Miller, Edward Abbey ... (Unser Lieblingsbuch von Abbey, »The Monkey Wrench Gang« war auch dabei – es soll ja unter die Leute kommen.) Emersons Mädels und Jungs, mit allem infiziert, was Leib und Seele ruiniert, hatten sicher ätzendere Kost verdaut. Kein Wunder, daß kaum einmal jemand sich aus seinen Regalen bediente, in denen hauptsächlich lebensferne Jugendliteratur stand, wie ich feststellte. Lenny, Vertreter einer kleinmütigen Religionsgemeinschaft, er hatte wohl selber gemerkt, daß eine andere Brise wehte, wenn Emerson auftrat und redete. Eigentlich rede er nicht (Eve), es spreche aus ihm. Sobald er, in sich hineinhorchend, tastend die ersten einleitenden Sätze gefunden habe, verwandle sich seine Rede in einen rhythmischen Singsang, das Mikro halte er wie ein Sängerstar, seine Füße begännen zu tänzeln, schließlich, als wäre er von einer göttlichen Unruhe ergriffen, fange er an, auf dem Podium auf und ab zu gehen, während seines Vortrags zu tanzen, und

immer mehr gerate er in eine Art Trance, in eine Ekstase, und diese Ekstase greife über, mehr oder weniger, auf seine Zuhörer, die den Saal füllten, die an den Wänden lehnten und auf dem Boden säßen, ja, die am Gehsteig draußen stünden, so wie an dem Abend, als ich mein Apartment abschloß und hinunterging (seit Tagen war auf der Fensterscheibe des Youth Center mit weißer Farbe gesprayt: *Friday 7 p.m., Emerson*).
Als ich ankam, war der Saal schon überfüllt und ich mischte mich unter die jungen Leute, die auf dem Gehsteig standen und saßen, lehnte mich an die Hausmauer, ein paar Kinder bespritzten sich mit Wasser, das ein Hydrant versprühte, und dann, während Emerson (für mich unsichtbar) seine Hörer begrüßte, erblickte ich dich, auf der riesigen Lautsprecherbox sitzend, eine Katze im Schoß. Unsere Blicke trafen sich. Du hast mir später erzählt, daß die Zuhörer von Emersons Reden (oder soll ich sagen: Predigten?) sich am Ende umarmten; Leute, die sich nie zuvor gesehen hatten, berührten einander oder lächelten sich zu. Ich habe an jenem Abend solche spontane Äußerungen im Publikum nicht bemerkt, hab' auch nur noch dich, Eve, gesehen, und dir hätte ich sicher auch in *Albony's Supermarket* zugelächelt, wärst du mir dort vor den aufgetürmten, in Plastikfolien verschweißten Sandwiches begegnet. Unsere Blicke ließen nicht voneinander, während Emerson die Zerstörung predigte, dieses Amerika, das uns zerstöre, müßten wir zerstören, er zitierte ein Wort Thomas Wolfes, wir haben uns zugelächelt, aber es sträubt sich in mir, Emerson als den Paten unseres Bündnisses anzusehen. Irgendwann wären wir uns vielleicht auch ohne ihn begegnet, irgendwo in Old Town, in *John's Tavern*, wo ich dich dann, ein paar Wochen später, auch tatsächlich einmal unverabredet traf, du hattest Nelly

auf dem Schoß, und der Käfig mit Kiki war auf dem Nebenstuhl abgestellt. Mein Sinn stand damals nicht nach einer Mädchenbekanntschaft, nach Liebe, drei Monate zuvor war es mir endlich gelungen, mich von Debbie zu lösen, hatte ich mich aus den lähmenden Verstrickungen dieser Verbindung befreit. Vom Bett, ihrer Wohnstätte, übte sie die Herrschaft über mich aus. Mitleid, Angst und eine Art Verantwortungsgefühl verbanden mich mit Debbie, nichts sonst. Wenn ich das Apartment verlassen wollte – die Düsternis des Raumes, in dem ständig die Jalousien heruntergelassen sein mussten –, und sie mich nicht gehen lassen wollte, fing sie an, gellend zu schreien … Immer stärker geriet ich in eine totale Passivität, reagierte bloß noch auf ihre Wünsche und Launen. Die Medikamente hatten sie suchtfrei gemacht, aber ihr gleichzeitig den Lebenswillen genommen. Ihr Dasein schien nur noch daraus zu bestehen, mich, ihr Haustier, zu peinigen. Ging ich einkaufen, drohte sie jedesmal, sich aus dem Fenster zu stürzen, wenn ich zu der und der Zeit nicht zurück sei, und es nützte nichts, wenn ich sie auf die lange Schlange an der Kasse des Supermarkts hinwies. Sie hatte meinen Eigenwillen geknickt, und ich weiß nicht mehr zu sagen, wie es mir dann eines Tages doch gelang, mich zu lösen, ihre Höhle zu verlassen, während sie schlief. Unbeschreiblich das Gefühl, als ich aus dem Lift stieg und auf die belebte Campbell Street hinaustrat, es war früher Morgen, die Gehsteige voll von den roten Müllsäcken. Ich hatte ihr eine Scheckkarte geklaut, ohne Gewissensbisse, ihr Vater füllte ihr Konto immer wieder auf, Geld hatte in Debbies Leben nie eine Rolle gespielt. Damals, mit dreiundzwanzig Jahren, war ich immer noch auf einem Tiefpunkt. Obwohl ich jetzt eine eigene Wohnung in Old Town gemietet hatte, von Debbie gänzlich befreit fühlte ich mich immer noch nicht, und es gab keinerlei Aussichten für mich. Seit vielen Monaten war ich nicht mehr in der Universität gewesen, und anstatt im Team von Professor Randowsky am drahtlosen Informationshelm zu arbeiten, an diesem bald unerläßlichen Gerät, das jedermann befähigen soll, unter Zuhilfenahme eines Codes, mithilfe von Satelliten an jedem Ort der Vereinigten Staaten sich in die zentrale Informationsbank einzublenden, verbrachte ich einen immer größeren Teil des Tages, schließlich acht Stunden täglich, im Laden von Tom, er vertraute mir, ließ mich allein walten, zog sich zurück in sein Oberstübchen, zu seinen antiken Atlanten. Anstatt mich in Hilcum, die neue Computersprache zu versenken, verhandelte ich mit Leuten jeglichen Alters und Herkommens, lernte ihre persönlichen Verhältnisse und Nöte kennen, schätzte ihre mehr oder weniger wertvollen Habseligkeiten, schrieb den Scheck aus. Stand keiner vor meinem Kassenfenster, versuchte ich Ordnung zu bringen in die chaotische Ansammlung von Gegenständen aller Art in den Regalen, aber Tom meinte dann, er finde nichts mehr, mein System sei bloß eine Hilfe für meinesgleichen. Es gab Zeiten, da war das Lager so überfüllt, daß ich die TV-portables, Gasöfen, Ferngläser, Revolver, Stereo-Anlagen und Kameras hinter meinem Rücken auf dem Boden stapeln mußte. Einmal im Monat kam dann der Wagen der Winslow-Incorporation, mit der Tom einen Vertrag hatte, zwei Männer schleppten die nicht eingelösten Gegenstände hinaus, luden sie in den Transporter. Am Abend, wenn ich das Scherengitter zuschnappen ließ und die Clark Street hinaufging, um im *Wine and Dine* zu essen, hatte ich meistens das Gefühl, den Tag sinnvoll verbracht zu haben, nun lag der Abend vor mir, ich konnte tun und lassen, was mir behagte. Aber war dies tatsächlich das Leben, das ich mir vorgestellt hatte, als ich ankam in Chicago, vor drei Jahren, nachdem meine Stiefmutter gestorben war, und ihr Mann nach Kalifornien zog?

Was hat Tom eigentlich getrieben, bevor er sich nach Chicago zurückzog und diesen Pfandleihladen von einem Chinesen übernahm? *Euresgleichen*: Auch die Mikroelektronik, die er haßte, wurde nicht von unserer Generation hervorgebracht, sondern von seiner. Als ich das Studium begann, faszinierte mich die Ästhetik dieses Systems aus Siliziumspartikelchen, Codes und Ziffern, es erschien mir als eine reine, ja beinah heilige Welt, sie schien nichts gemein zu haben mit dem Schmutz, mit der blutrünstigen Verkommenheit dieser Zivilisation. Ich saß in meiner Box, vor dem grün fluoreszierenden Monitor, meine Fingerkuppen tanzten über die Tastatur, ich schien vorzustoßen in nie geahnte geistige Welten, bis zu Gott selbst womöglich einst, irgendwann mußte er wohl am Monitor auftauchen und sich identifizieren lassen ... Es war phantastisch: Alles war gespeichert, oder würde noch gespeichert werden, ein Satz, der mir im Kopf herumging, ließ sich im Bruchteil einer Sekunde nachweisen als einer aus den Tagebüchern des John Cage, ich konnte die Schöpfungsgeschichte der Mayas abrufen oder die Flugpläne nach dem Fernen Osten, auch mit den Sandmalereien der Navajos konnte mein Monitor dienen. Wenn Tom in Wallung geriet, meinte er wohl vor allem La Cerentola, das in Bau befindliche neue Umfahrungssystem, das bis an The Loop heranreichen wird, La Cerentola, dieses am Reißbrett entworfene, gezirkelte System von achtspurigen Schnellstraßen, kleeblattförmigen Auf- und Abfahrten, die auf haushohen Stützpfeilern das Erscheinungsbild der Stadtlandschaft prägen werden. Ein ästhetischer Anblick am Zeichenbrett, aus der Hubschrauberperspektive; ein Albtraum aber, in Beton gegossen, für jene Siedlungsbewohner, die im Schatten der monströsen Stützpfeiler, durch die der Wind vom Lake Michigan her den Dreck von Downtown bläst, ihre Tage dahinfretten.

Wie haben wir gefroren in jenem letzten Chicagoer Winter! In unsere Mäntel und Schals gehüllt, die Wollmützen ins Gesicht gezogen, so lagen wir auf deinem breiten Bett, auf der ziegelroten Überdecke, und hielten uns umarmt, Nelly zwischen uns. Es gab kein Heizöl, kein Gas, während die Autos weiter Millionen Gallonen Treibstoff verpraßten und als lebentötende Ausdünstungen in die Atmosphäre pusteten. Der elektrische Strom wurde immer häufiger schon am Tage abgeschaltet, denn die meisten der Atomkraftwerke, auf die die Vätergeneration gesetzt hatte, waren stillgelegt. Haben wir tatsächlich geglaubt, wir könnten dem Chaos dieser Zivilisation (das wir nicht zu verantworten haben) entfliehen?

5

Helen verändert sich. Verwandelt Goosenegg sie? Sie kommt in meinen Verschlag, setzt sich in die Ecke, klemmt die Arme um ihre Knie, wartet, bis ich mich ihr zuwende, sie stört mich nicht, wenn ich schreibe. Sie merkt, daß ich nichts von ihr will. Ich habe versprochen, mit ihr demnächst eine lange Wanderung zu unternehmen. Ob sie es bereut, ihre Ferien in der Abgeschiedenheit hier zu verbringen? Sie ist mir nicht gleichgültig, fühle ich, nicht mehr! Sie kann sich so wunderbar entspannen. Ihr Mund, ihre Lippen erinnern mich an die eines Engels von Fra Angelico, aus dem großformatigen Band, den Debbie manchmal aufgeschlagen im Bett liegen gehabt hatte. Wenn ich daran denke, wie ich wochenlang die Unrast, die ich aus den Vereinigten Staaten mitgeschleppt hatte, nicht loswurde, wie ich hier in der Stille meinte verrückt zu werden. Ich hatte nichts zu verlieren gehabt, als ich nach Detroit ging. In Toms Laden war ich entbehrlich, meine früheren Freunde und Bekannten hatte ich aus den Augen verloren in den Monaten, die ich mit Debbie in der Campbell Street verlebte, verdöste. Ich war ihr gegenüber fühllos geworden, hatte gar kein Bedürfnis, mich mit ihr zu vereinigen. In der ersten Zeit unseres Zusammenlebens hatten wir manchmal Stunden damit zugebracht, uns zu streicheln, ab und zu gelang es, uns gegenseitig die Spannung zu lösen, und wir verwunderten uns lächelnd über dieses Kunststück.

Es war nur folgerichtig, daß wir, als sich die Gelegenheit bot, aufbrachen, um zu vernichten, was uns und die nachkom-

menden Generationen zerstörte. Die Zeit war reif geworden für eine Neuordnung des menschlichen Zusammenlebens, obwohl die Mehrheit der Bevölkerung sich daran gewöhnt hatte, daß keiner mehr die Tür öffnete, ohne gleichzeitig den Lauf seines Gewehrs auf die Sicherheitskette zu legen, daß verstört wuchernde Zellen ihr Leben mehr bestimmten als alles andere, daß der einzige Lichtblick in ihrem Dasein die bunten Pillen und der fahl in allen Regenbogenfarben flimmernde Bildschirm an der Wand mit seinen hundert Programmen war.
Unter deinem Einfluß, die du unter Emersons Einfluß standest, begann ich einige der Ursachen für den totalen Verfall der Kultur zu erkennen. Unsere Kultur sei eine Kultur des Kuppelns und Gasgebens (Emerson), die ganze westliche Welt (der die östliche nicht rasch genug folgen könne) sei innerhalb von nur fünf Jahrzehnten völlig beherrscht worden von dem Wahn der unbeschränkten Mobilität.

Als ich dich nach jenem Vortrag nach Hause begleitete, hatte sich die Unbefangenheit zwischen uns verflüchtigt. Im Schutz der alle verbrüdernden Stimme Emersons, selbst draußen, vor dem Lokal, wo ich stand, wo du auf der Box saßest, fühlten wir uns wie im Schutz einer Kammer, hatten wir uns angeblickt … Nachher, auf dem Heimweg, wagten wir kaum, uns anzusehen. Ich war skeptisch zu diesem Vortrag gegangen, hatte Emerson nach den Andeutungen Pater Lennys für einen sektiererischen Weltverbesserer gehalten. Erst später hast du mir erzählt, daß du zu dem Kreis junger Menschen gehörtest, der (keinesfalls allem zustimmend) sich alle seine Reden anhörte. Die ganzen fünf Meilen der noch am späten Abend so stark befahrenen Clark Street redeten wir kaum etwas. Erst vor dem Eastwood

Tower, in dem du wohntest, erzähltest du mir von den Fußwegen der Inkas, an die fünfzehntausend Meilen, die noch heute zu begehen seien, oder über deine Studien in den Literaturen der Welt. Die ersten Anzeichen für das Aufkommen des Maschinenzeitalters im menschlichen Streben, im Bewußtsein hattest du entdecken wollen. Die uralten Kulturvölker, so Emerson, hätten bereits alles gewußt, dieses Wissen jedoch nicht in die Tat umgesetzt. Hast du mir an jenem Abend die Geschichte aus dem Tschuang-Tse erzählt? Das Schweigen zwischen uns war ja auch bedingt durch den Verkehrslärm, Fußgänger konnten auf einer Straße wie der Clark Street nichts miteinander reden, der Motorenkrawall übertönte alles. Du warst eine einsame Wanderin, kamst mit dir selber aus. Mißliche frühe sexuelle Erfahrungen hatten dich vorsichtig und unabhängig werden lassen. Dein Kummer, daß das, was du eigentlich studieren wolltest, das *richtige Leben*, in keinem Vorlesungsverzeichnis aufschien. Auf diesem Heimweg von Mellin Park nach Old Town spürte ich zum ersten Mal seit vielen Jahren, seit meiner Kindheit vielleicht, so etwas wie Neugier auf die Zukunft; etwas wie Vorausdenken, Vorausträumen spürte ich in mir. Das Fernsehen zeigte Arbeitslose in Cleveland, Detroit und Pittsburgh, die mit schweren Steinen oder Eisenstücken parkende Autos bewarfen. Verzweifelte Leute schossen mit ihren Gewehren auf fahrende Autos, Autofahrer, verrückt gemacht durch die gellenden Sirenen, die hektisch blinkenden Signallichter der Rettungsfahrzeuge, schossen auf dem chronisch verstopften, vielspurigen Lake Shore Drive aufeinander (im Berufsverkehr der rush hour, stop and go, stop and go, und bei jedem einsetzenden Spurt vernebelten die Schwaden aus den Auspuffrohren die Kolonne, bis die Füße wieder vom Gas auf die Bremsen wechselten, usf.). Manchmal geriet der

Verkehr für eine Stunde oder länger völlig ins Stocken, so daß es aussah, als würde die Prophezeiung (vor zwanzig Jahren gemacht) wahr: Das Problem des Verkehrs werde sich eines Tages von selber erledigen, irgendwann würden sich die Verkehrstockungen nicht mehr auflösen, nach Stunden oder Tagen würden die Fahrer ihre Automobile verlassen und versuchen, zu Fuß auf den sechs Fahrspuren weiterzukommen. Die Autos (wer solle Hunderttausende abschleppen?) verwitterten und verrosteten als ein Mahnmal für kommende Geschlechter.

Nachdem ich mich von Debbie befreit hatte, fand ich eines Tages mit Hilfe des Computerdienstes der Uni ein Angebot; Programmierer wurden von einer Leihwagenfirma gesucht. Ich verlor den Job nach ein paar Wochen wieder, bestand die Probezeit nicht, war unfähig, mich auf die gestellten Aufgaben zu konzentrieren. Zu lange hatte ich meine Tage im Apartment mit Debbie verdöst, Vormittage vor dem Fernseher, Nächte mit meinen Büchern, Nachmittage auf dem Bett, wo wir uns manchmal in den Kleidern aneinanderdrängten wie Flüchtlinge in einem Luftschutzkeller, wartend auf das Ende der Bombardements.

Eine Zeitlang verschaffte ich mir dann Einkünfte, indem ich Bücher stahl und in second-hand-shops verkaufte. Das war zu jener Zeit, als ich schon in Old Town das Apartment in der Locust Street bewohnte. Einmal trug ich wie selbstverständlich einen Stoß Kunstbände aus *Eric's*, keiner hielt mich auf, nur schlotterten mir draußen auf der Grand Ave die Knie, ich kassierte mehr als fünfzig Dollar, und aus Dankbarkeit versuchte ich es von da an nie wieder. Toms Laden, an dem ich täglich vorbeikam, wenn ich meine Wohnung verließ, betrat ich zum ersten Mal, als ich meine goldene Taschenuhr – ein Geschenk von Debbie – versetzte, sechs oder sieben Monate, ehe wir uns, einen Hauseingang weiter, bei Lennys Center begegnet sind. Vielleicht fahren Planierraupen jetzt dort rumorend auf und ab, bereiten den Untergrund vor für die Stützpfeiler von *La Cerentola,* oder für neue Batterien von menschenabweisenden Betonmonstern, die wie Abschußrampen für Gebete an einen immer ferner abrückenden Gott, der sich über diese ihm entgleitende Schöpfung entsetzt, in die Höhe ragen. Der Gedanke, daß man den Leuten beinah alles zumuten und antun kann, was ihr Leben einschränkt, verkürzt, zerstört – solange man Fernsehprogramme ausstrahlt, ihnen Schnaps gibt und sie in ihren Automobilen hin und her fahren läßt. Immer mehr werden die Stadtbilder zu Abbildern jener Modelle von Weltraum-Satelliten-Siedlungen; eine Fotografie der Skyline Chicagos zeigt heute schon die gigantische Verödung, wie diese Entwürfe sie darstellen, in denen die Lebensräume der Bewohner schließlich nur noch aus einer Art Särgen bestehen werden. Die ferngesteuerten Massen, die immer mehr zu einem Punkt hintreiben, wo menschliche Existenz, wie unsere Ahnen sie verstanden, aufhört. Das Gewurle des von Smog und Giftstoffen narkotisierten Menschenmülls in den öden Badlands einer betonierten Apparate- und Maschinenwelt ... Man müßte die Auspuffgase rot oder giftgrün färben (so Emerson) und die Leute über deren Konsistenz aufklären, vielleicht würden sie dann auf den Straßen wie Hühner auseinanderspritzen, wenn ein Auto sich näherte.

Das berauschende Gefühl, ein paar Monate später, in Detroit, als wir erfuhren, daß viele Menschen das gegenwärtige Lebenssystem ablehnten, daß wir nicht bloß zu einer Gruppe von ein paar Spinnern mit ihrem *Untergangsgetue*

gehörten. In Detroit schien es plötzlich, als habe der Bewußtseinsstand hier eine neue Marke erreicht, das Umdenken hatte eingesetzt, in einigen Köpfen und Herzen zugleich, und plötzlich, wie durch Hexerei, griff dieses Denken um sich, breitete sich aus, ohne missionarische Nachhilfe. Die Verzweiflung und der Druck auf die Kreatur waren so massiv geworden, daß viele auf einmal, wie durch einen Schub im kollektiven Bewußtsein, hellsichtig wurden und sich der neuen Bewegung, die noch namenlos war, anschlossen.
Ende März fuhren wir nach Detroit. Es waren nebelig-trübe Tage, der herabtröpfelnde, rußige Nieselregen klebte auf der Haut wie Spucke, wir hatten in der Presse und im Fernsehen verfolgt, wie sich die Ereignisse entwickelten. Reportagen über Anschläge in den Werkhallen von General Motors, Ford und Chrysler, über angezündete Automobile überall in der Stadt und Massendemonstrationen hatten sich die erste Seite in allen Blättern erobert. Das Seltsame dabei war, daß die Reporter, die Korrespondenten offensichtlich mit der Bewegung sympathisierten. Wir trauten unseren Augen nicht. *Das Sterben eines Systems?* stand in dicken Lettern auf der ersten Seite der *Tribune;* die *Newsweek* druckte: »Das Ende einer Epoche«.

Von einem Tag auf den anderen mißbilligten dann plötzlich alle Zeitungen die Vorgänge in Detroit. Eine Gruppe von *radikalen Chaoten initiierten einen Bürgerkrieg,* meldete der *Independent. Am* 27. März lasen wir, der Bürgermeister von Detroit habe eigenhändig seinen Dienstwagen mit Benzin übergossen und angezündet, sich hernach der Exekutive gestellt, der Polizeichef aber habe seine Selbstanzeige nicht zur Kenntnis genommen. Daraufhin packten wir Wäsche und warme Sachen in eine Reisetasche und fuhren nach Detroit, in einem überfüllten Zug, der Chicago am späten Vormittag verließ. Wir beabsichtigten, zwei oder drei Tage zu bleiben und uns mit eigenen Augen von den Vorgängen zu überzeugen.

Ein Mädchen, das wie wir im Durchgang des Waggons stand, berichtete, Scharen von jungen Leuten führen mit ihren Autos bis Dearborn, Allan Park oder anderen Vorstädten, steckten sie dort in Brand und marschierten auf Detroit zu, mit selbstgebastelten Bomben in ihren Rucksäcken. Der Automobilverkehr sei in Detroit völlig zum Stillstand gekommen; das Unglaubliche sei, daß viele Bürger, Autobesitzer, ihre Vehikel spontan selbst mit Benzin übergossen und angezündet hätten, der Wahlspruch *Destroy what destroys you* habe die Massen mitgerissen, und zwar nicht nur die Arbeitslosen, die berufsmäßigen Randalierer und Umweltschützer. Am frühen Nachmittag (wir hockten, weil wir das Stehen nicht mehr ertrugen, am schmutzigen Boden, wo Bierdosen bei jeder Erschütterung des Waggons hin und her rollten), erreichten wir die Vororte Inkster und Dearborn, die Mitreisenden drückten ihre Nasen an die Fenster, denn schon hier sah man, daß die Revolution in Gang war, umgestürzte Autos, brennende Wracks, eine eingestürzte Highway-Überführung, überall Gruppen von Menschen auf den Straßen, die uns winkten, uns an Stangen befestigte Tafeln entgegenhielten: *Destroy what destroys you*. Eve winkte mir, machte mich auf den Ausblick auf der anderen Seite des Waggons aufmerksam. Sie hatte einen Platz im Abteil gefunden. Tausende, Zehntausende von winzigen Häuschen, es sah aus wie ein endloses Feld mit Grabsteinen, alle in Reih und Glied. Dahinter, im Dunst, die Skyline von Downtown, und urplötzlich erschienen mir die hochragenden leblosen Klötze wie ein gigantischer Friedhof auf einem unbewohnten Planeten. Die Häuser im Vordergrund, erklärte mir Eve, die jetzt wieder zu mir herauskam, das seien die Siedlungen der Automobilarbeiter. Auf dem Gang hatte die Stimmung der an den Fenstern stehenden, auf dem Gangboden hockenden und liegenden jungen Mitreisenden Volksfestcharakter erreicht, die Fröhlichkeit wurde stimuliert durch Bier und durch den Übermut und die Entschlossenheit der Menschen auf den Straßen. Als sich der Zug dem Zentrum näherte, waren Schüsse zu hören. Auf einem Highway Straßensperren, ausgebrannte, umgekippte Trucks und Motorräder, Gruppen von fünfzig oder mehr jugendlichen Frauen und Männern mit Ranzen und Schlafsäcken marschierten parallel zu den Bahngleisen in Richtung Detroit River. Als der Zug auf offener Strecke für zehn Minuten hielt, sahen wir rechterhand, knapp neben dem Bahngleis, ein riesiges Areal mit der Aufschrift *Ford Motor Co.* auf einer hohen Backsteinmauer. Mit einer Verspätung von einer halben Stunde kamen wir am *Union Depot* an, ließen uns ein wenig zögernd vom Strom der übrigen Ankömmlinge mitschieben, hinaus auf den Bahnhofsplatz, wo uns, als wir zögernd stehenblieben, eine junge Schwarze anredete. Ob wir uns der Bewegung anschließen wollten, ob das der Grund unseres Besuches sei?

Wir hätten noch keine Unterkunft, sagte Eve, wollten die Ereignisse hier miterleben, aber – und sie blickte mich fragend an –, wir fühlten uns eins mit der Bewegung, ihre Ziele seien auch die unseren. Hazel (so stellte sie sich vor) studiere Chemie, stamme aus Indianapolis und sei schon zwei Wochen hier, habe ein Apartment gemietet. Wir könnten bei ihr wohnen, nahe dem Elton Park, ein paar Matratzen seien noch frei. Um 6 Uhr p.m. sei wie jeden Tag im Grand Circus Park, bloß eine knappe Meile vom Elton, ein Begrü-

ßungs- und Informationstreffen, jeden Tag kämen jetzt an die zwanzigtausend Leute aus allen Teilen der USA und aus Kanada nach Detroit, um für die Bewegung zu arbeiten und zu kämpfen. Dort könnten wir uns entscheiden, ob und wie wir der Bewegung dienen wollten. Sie schrieb die Adresse auf einen Zettel und erklärte uns den Weg. »Zerstört das Zerstörende«, sagte sie lächelnd zum Abschied, ehe sie sich einem Mädchen im Khaki-Anzug zuwandte, und: »Keinerlei Gewalt gegenüber Menschen!«
Die Reise hatte uns übermäßig ermüdet, aber wir hatten noch eine gute halbe Stunde zu gehen und uns durchzufragen zur Elizabeth Street. Was für ein Schwächling ich damals war! Auf den Straßen sahen wir kein heiles Automobil, wir fragten uns, was wohl später mit all den Tausenden zerstörter, links und rechts an den Straßenrändern abgestellter Autos geschehe. Auch die Seitenstraßen hinein überall das gleiche Bild: die gewohnte endlose Reihe von hintereinander geparkten Wagen, nur daß sie alle mehr oder weniger ausgebrannt waren. Eve preßte sich ihr Halstuch an die Nase; der penetrante Geruch von geschmolzenem Lack, Gummi und Motorenöl lag über dem Viertel.

6

Es hat mich erwischt, seit gestern Abend, Grippe. Am Vormittag unten bei Dr. Götzinger, einem der Anstaltsärzte, er schickte mich heim. 38,1 Fieber. Unser Bürozimmer nun verwaist, Maringer (der seit Tagen herumgehustet und geniest und mich wahrscheinlich angesteckt hat) fehlt schon seit Freitag. Mich bei Stempfl abgemeldet, Eva angerufen. Nein, nein, blockte ich ihre Ankündigung ab, sie komme in einer Viertelstunde, wenn Stieglecker weggehe, zu mir herunter: Ich will dich nicht anstecken. Sie gestand noch, Hanni gehe ihr schon auf die Nerven, hocke den ganzen Tag in der Wohnung, wisse nichts mit sich anzufangen, und am Abend, wenn sie heimkomme, stürze sie sich auf sie. Der Vater könne sie wahrscheinlich erst am Freitag abholen.

Jetzt liege ich eingepackt im Bett, schwitze und der Kopf brummt, das Schlucken schmerzt von Stunde zu Stunde mehr. S.' Manuskript, mit einer Zeitung verdeckt, auf dem Nachtkästchen. Eva: Ein Gefühl der Beschämung, heute Vormittag, weil ich ihre Zuneigung für mich als tief und wahr empfand. Wird mein Gefühl für sie wachsen?

Einige Male sprachen uns Mitglieder der Bewegung an (wir erkannten sie mittlerweile an ihren weißen Armbinden), fragten uns, ob wir irgendwelche Hilfe brauchen könnten, wiesen uns den Weg. Ein hoch aufgeschossener Schwarzer in einem gelben Plastikmantel, der mir meine Erschöpfung ansah, trug mir dann die Tasche bis vor die Behausung unserer Gastgeberin, einen Wohnturm von ungefähr dreißig Stockwerken.

Am letzten Märztag saß ich am späten Nachmittag im sitting room von Hazels Apartment, im Schaukelstuhl, den ich zu der die ganze Stirnseite einnehmenden Fensterfront geschoben hatte, und sah über die Stadt hinweg, über den Detroit River nach Windsor. Ralf und Bill waren noch nicht zurück von ihrem Einsatz beim Räumkommando. Der April schien sehr verheißungsvoll zu werden. Die erste autofreie Stadt seit bald hundert Jahren! Aber die bedrückenden Wohnverhältnisse würden so schnell nicht zu ändern sein. Man konnte nicht einfach zwei Millionen Bewohner evakuieren und die Betonungetüme schleifen. Das würde ein langwieriger Prozeß werden. Vorerst galt es die Versorgung der Stadt zu gewährleisten, und zwar ohne Einsatz von benzinmotorenbetriebenen Transportmitteln. Am fünften Tag der Revolution schien es in ganz Detroit kein fahrtaugliches Automobil mehr zu geben. Die Truppen stürmten bereits in die Vorstädte, auch dort war kaum mehr etwas zu tun. Da und dort entdeckten wir in Garagen von verlassenen Villen in Dearborn Heights oder Redfort Township noch Straßenkreuzer. Von Redfort radelten wir zu Mittag nach Southfield, zu dem endlosen Areal, in dem die unverkäuflichen Vorjahrsmodelle von General Motors standen. Truppen der Bewegung hatten bereits an die zehntausend Wagen mit Benzin übergossen und in Brand gesteckt, und nun konnten wir zusehen, wie der Nordwest das Feuer auf die endlosen Reihen der noch unversehrten Autos trieb, wir brauchten bloß die Hände in die Taschen zu stecken und den Wind die Arbeit tun zu lassen. Eve und ich schwangen uns auf die geliehenen Räder und fuhren um die eingezäunte Blechhalde, wohl mehr als zwei Meilen im Quadrat, herum. Auf der Nordseite des Geländes halfen wir nach, indem wir Türen oder Fenster öffneten und aufbrachen und die Sitze mit Benzin, den Resten aus unseren Plastikkanistern, tränkten und anzündeten. Wir mußten höllisch aufpassen, denn die Hitze des sich nähernden Großfeuers konnte das Benzin sich selbst entzünden lassen. Wir preßten uns Tücher vors Gesicht, Hitze und Gestank waren kaum zu ertragen. Ein Geschwader von nahezu in Schallgeschwindigkeit fliegenden Maschinen überflog uns, wir preßten die Hände an die Ohren und warfen uns vor dem ohrenbetäubenden Kreischen auf die Erde. Als ich mich aufrichtete, explodierte mit lautem Knall ein Wagen, feuersprühende Trümmer flogen durch die Luft, mich traf ein brennendes Stück am Arm und an der Hand. Ich verlor die Fassung und schrie, Eve erstickte mit ihrem Tuch das Feuer, das meinen Ärmel erfaßt hatte. Als die in Dreiecksformation fliegenden Jäger wiederkehrten, drückten wir uns in die Mulde am niedergerissenen Drahtzaun. So niedrig flogen sie, daß wir die Aufdrucke auf ihren silbernen Rümpfen lesen konnten. Sie mußten etwas in die brennenden Wracks gefeuert haben, denn die Autos, in deren Tanks sich wohl kaum Benzin befand, hätten sonst nicht so heftig explodieren können. Wir schmiegten uns aneinander, ich vergaß meine Brandwunde, es schien mir eine Ewigkeit, daß wir in der spärlich mit Gras bewachsenen Vertiefung am Straßenrand neben dem Zaun lagen und uns liebkosten. Zum ersten Mal spürte ich ein Begehren für Eve, ich drückte sie, preßte sie an mich, wir rollten hin und her, Wange an Wange, ich sah ihre erstaunten Augen, dann drehte der Wind und wir mußten vor der uns entgegenschlagenden glühenden Feuerfront zurückweichen. Die leeren Kanister warfen wir über den Zaun und fuhren wieder auf die

schnurgerade Straße hinaus, der Blick folgte der verwaisten, sechs oder sieben Meilen langen Fahrbahn, bis sie, weit im Süden, sich zu einem Punkt verengte. Schon von weitem sahen wir, daß der langgezogene Barackenbau hinter der Pforte zum Lagerplatz brannte.
Wie weit das weggerückt ist von mir! Wie wichtig wir uns genommen hatten, wie überzeugt wir waren von unserer Mission …

Vor meinem Verschlag jetzt Schritte, und die Stimme der Doctora.

Das System schlägt zurück, hatte ich gedacht, in einem anderen Leben scheint's gewesen zu sein, das System, das die Bedürfnisse schafft, die es zu erfüllen vorgibt. Ich saß in dem Schaukelstuhl, schaute hinaus auf die abweisende Silhouette von Downtown. Hatten wir nicht schon jubilierend gedacht, diese Lebensweise zeige seine Ohnmacht, sie sei schon so degeneriert, in ihrem eigenen Unrat erstickt, daß sie sich kampflos ergebe? Hatten wir tatsächlich geglaubt, sie ließen uns das *Neue Detroit* erschaffen, das *Neue Amerika,* die *Neue Welt*? Ja, wir glaubten es, und war die Verwandlung Detroits, die in acht oder zehn Tagen vonstatten gegangen war, nicht vergleichbar den *großen Revolutionen*, ja, war hier nicht viel mehr geschehen? War die Tatsache, daß Bürger ihre Autos anzündeten, nicht der Beweis für eine plötzliche Bewußtseinsumformung? Es war uns klar gewesen, daß nicht alle zwei Millionen Detroiter mit unseren Zielen einverstanden waren, es gab, wie bei jeder Umwälzung, solche, die sich ruhig verhielten und auf den Gegenschlag warteten, es gab Überläufer ohne Überzeugung, die sich beim ersten Anzeichen eines Machtwechsels wieder

abwendeten. Die Stadt da draußen, diese Sterbensstätte aus Stahlbeton, Asphalt und Stahlblech, diese in die Höhe ragenden glitzernden Glasfassaden mit ihren Sehschlitzen – spürten ihre verknöcherten Generäle, daß das Leben hier und jetzt einen letzten, verzweifelten Versuch anstrengte, an die Erdoberfläche zu gelangen?
Ob sie das Militär auf uns hetzten? Oder warteten sie ab, hofften, die Bewegung hier erschlaffe nach ein paar Wochen? Vielleicht waren sie uns dankbar dafür, daß wir ihre Halden, viele Tausende von unverkäuflichen Autos eliminiert haben, jetzt sind sie dieses Problem los. Und die Bevölkerung? Juckte es nicht viele schon wieder, in ein Auto zu steigen? Das Anzünden hat ihnen Spaß gemacht, aber jetzt sind sie erschöpft, und die Arbeiten bei den Versorgungskommandos, bei den Blechpressen, bei der Müllabfuhr und dem Botendienst schmeckt ihnen weniger. Ein anderes Leben können sie sich, die in diese Blech- und Betonwelt hineingeboren worden sind, sowieso nicht vorstellen. Bald würde damit begonnen werden, die Fließbänder wieder zu installieren, und in den Hallen würde das Gezisch der Preßluft wieder jeden Gedanken ersticken. Die Regierung konnte den Prozeß beschleunigen, indem sie den Nachschub von Nahrungsmitteln, die Überweisungen der Fürsorgeunterstützungen, Arbeitslosengelder und Renten verzögerte oder den Strom abstellte.

In den abendlichen Hauptnachrichten war der Präsident einige Minuten lang am Bildschirm zu sehen. Zum ersten Mal nahm er ungewöhnlich heftig Stellung zu den Ereignissen. In Detroit schlage das Herz Amerikas, rief er nachdrücklich. Wir werden es nicht zulassen ... Die üblichen schwachsinnigen Argumente, daß wir schon mehrere Krisen in der Automobilindustrie gehabt hätten, daß es immer und überall etwas zu verbessern gebe, daß man aber am Prinzip nicht rütteln dürfe. Es gebe einige, die unser Land gerne in den Ruin trieben. Alle wüßten, aus welcher Ecke die kämen. Einmal schwenkte die Kamera während der Rede des Präsidenten auf Terence Kelly, unseren Sprecher, der seit drei Tagen einen festen Platz am Tisch der Nachrichtenredaktion hatte, Kelly schienen die Äußerungen des Staatsoberhauptes anzuöden. Womit haben wir einen Präsidenten solchen geistigen Zuschnitts verdient, schien seine Miene zu sagen. Er selbst rief dann alle Mitglieder der Bewegung und alle Mitbürger auf, morgen um 10 Uhr a.m. mit einer weißen Fahne auf die Straße zu gehen.

»Wenn der verehrte Herr Präsident meine, es handle sich bloß um ein paar Randalierer, dann gebt ihm morgen um 10 Uhr die Antwort darauf. Alles was sich in dieser Stadt tue, werde sowieso vom Himmel aus beobachtet und registriert. Sie sollen sehen, was los ist, wenn sie ihre Luftaufnahmen auswerten! Zeigt es ihnen! Wenn ihr keine Fahne habt, dann winkt mit irgendeinem weißen Fetzen. Wer zu schwach ist, um auf die Straße zu gehen, soll aus dem Fenster wacheln. Die lächerliche Drohgebärde, mit Düsenjägern unsere Stadt im Tiefflug zu überfliegen, wollen wir für diesmal vergessen. Vielen unserer alten und kranken Mitbürger und vor allem den Kindern haben sie tatsächlich einen Schrecken eingejagt, ein paar tausend Fenster sind zu Scherben und Splitter zerfallen.« Im übrigen greife er gerne das Bekenntnis des Herrn Präsidenten auf und erkläre es für unsere Losung: »*In Detroit schlägt das Herz Amerikas!*

»Leute, wir haben einen langen Weg vor uns, einen beschwerlichen Weg, glaubt mir, alle guten Geister dieses Landes und darüber hinaus blicken auf uns, ihr Herz schlägt für

uns, und das heißt für eine lebensfreundliche Welt. Wir wollen nicht zurück in die Steinzeit oder ins Mittelalter (spart euch diese Sprüche!), wir wollen uns und unseren Nachfahren ein menschenwürdiges Erdenleben, eine Chance zum Überleben schaffen. Soviel für heute abend. Im dritten Programm wie bisher zu allen vollen Stunden die neuesten Informationen und Einsatzaufrufe.«
Ich saß mit Eve auf der braunen Couch, wir waren nicht mit den anderen ins Renaissance-Center zur abendlichen Versammlung gefahren. Sie klagte, ihr sei übel.

War es an diesem Abend, daß wir noch mit dem Lift hinunterfuhren, um ein Stück die 5th Avenue hinaufzuspazieren, oder am nächsten? Wir hatten uns die weißen Armbinden übergestreift und hofften, unbehelligt zu bleiben. Zwar waren angeblich seit Tagen in der Stadt nur wenige Morde registriert worden, sollen die Raubüberfälle zurückgegangen sein, aber noch ungelöst war das Problem der Drogensüchtigen; die Bewegung hatte ein Drogenzentrum im Civic-Center eingerichtet; dort kriegten die Fixer ihren täglichen Stoff und ärztlichen Beistand, aber es wurde nicht damit gerechnet, daß allzu viele davon Gebrauch machten, man mußte weiterhin damit rechen, daß einem ein Süchtiger mit der Motorradkette eins über den Schädel zog.
Drunten türmten sich Müllberge mitten auf der Straße, der Wind blies uns Gestank ins Gesicht. Etwas weiter oben brannte ein Feuer, als wir näher kamen, sahen wir eine Gruppe von jungen Leuten, die meisten Schwarze, auf ausrangierten Autositzbänken rund um ein paar brennende Reifen sitzen. Als sie uns sahen, luden sie uns ein, indem sie zusammenrückten. Haben sie dir auch dein' Cadillac kaputtgemacht? feixte ein junger Schwarzer mit glattrasiertem

Schädel. Ich ging darauf ein, nahm Eve, die in ihrem T-Shirt fror, auf meine Knie, massierte ihr die Arme. Sogar meine Sammlung von Spielzeugautos ham se mir mit ihren Radikalenstiefeln zertreten, greinte ich. Euch wird der Spaß schon noch vergehen, brummte ein älterer Schwarzer in einem weißen V-Pullover, der mit einem Stock ab und zu in die glosenden Reifen drosch, daß die Funken stoben.

War dieses Geborgenheitsgefühl nicht trügerisch? Aus einem halb geöffneten Schiebefenster in dem alten Häuserblock, vor dem wir saßen, kam Musik (New Samson); ich sagte zu Eve, es sei, als säßen wir rund um ein Lagerfeuer, irgendwo im Busch, vor fünfhundert Jahren, alle zusammengerückt zum Schutz vor den Raubtieren …

Ich dachte an das Freiluftkonzert der »Wölfe«, in Ken Heights, vor einem Jahr, wie da die Rhythmen, die wie gesponnen aus den riesigen Lautsprecherboxen zwirbelten, die Herzen der zehntausend hingelagerten jungen Leute verwandelt hatten, als hätte die Gewißheit der großen Bruderschaft alle erfaßt. Als hätte die Musik die Moleküle der Zellen gekitzelt, sie zum Mutieren gebracht. Auf dem Heimweg wieder die übliche Drängelei, Ellbogenrücksichtslosigkeit, alle wollten so rasch wie möglich zu ihren Autos gelangen.

Von Zeit zu Zeit warf einer der Knirpse, die vor dem Haus Fangen spielten, einen Stein auf den Olds, der inmitten eines Müllhaufens mit aufgereckter Motorhaube auf der Straße stand, sie zielten auf die Windschutzscheibe. Je länger wir auf der Sitzbank saßen, desto mehr spürte ich die Ratlosigkeit der Leute. Von einem Tag auf den anderen leben sie, dachte ich, hoffen, daß etwas geschieht, etwas Klärendes, Ordnendes. Sie wären bereit, in einen Krieg zu ziehen und für etwas zu streiten, aber das Herumsitzen und

Abwarten macht sie fertig. Das war's ja auch, was sie dazu angestiftet hat, Autos zu demolieren. Nie im Leben würden sie sich von selbst aufraffen und den Abtransport des Mülls in ihrer Straße organisieren. Auch mich fror dann, die brennenden Reifen begannen immer heftiger zu qualmen. Gehen wir wieder, sagte ich zu Eve, sie hatte schon darauf gewartet. Keiner erwiderte mein verabschiedendes Handzeichen. Joe, der Spaßvogel, schlug sich im Rhythmus der Musik auf seinen Schenkel. Wir faßten uns an den Händen und begannen loszulaufen, um uns aufzuwärmen, doch schon nach fünfzig Yards waren wir erschöpft. Wir wollten nichts als in die Schlafsäcke und hofften, daß Hazel und die anderen inzwischen heimgekehrt seien.

Wenn ich jetzt im Schreiben innehalte, frage ich mich, hat es damals schon angefangen, daß ich Eve verlor? Seit wir in Detroit waren, redeten wir kaum miteinander, die Erschöpfung, die an uns zehrte, konnte nicht bloß die körperliche Entkräftung durch das vielstündige Herumlaufen, das Fahren auf den endlos scheinenden schnurgeraden Straßen mit den Rädern bis nach Southfield bedeuten. Wir waren solche Strapazen nicht gewohnt; aber auch in Chicago waren wir nach stundenlangen Märschen (und zwar in der nicht atembaren Luft von Downtown und Umgebung) noch imstande gewesen, uns gegenseitig auszuloten, eine unerklärliche Kraft hielt uns zusammen, es war dieser gemeinsame Blick über die Skyline hinweg. Nun schien es mir, daß mit dem Schwinden unseres Glaubens an einen Bewußtseinswandel, an die neu zu erschaffende Stadt auch die innere Bindung zwischen uns sich aufzulösen begann. Meine zärtlichen Gefühle für Eve hatten nicht nachgelassen, bloß schien sich die Perspektive unseres Bündnisses langsam zu verkürzen. Damals hatte ich es nicht richtig wahrgenommen, schob es auf das ereignisreiche Treiben jener Tage. Auch waren wir niemals wirklich ungestört gewesen. Aber nun, wenn ich mich an jenen Abend erinnere, als wir eine halbe Meile vom Elton Park mit ein paar Schwarzen um die brennenden Reifen herumsaßen, ist mir, als wären wir uns damals schon fremd geworden. Was mag sie gedacht haben, als sie fröstelnd auf meinen Knien saß? Hat sie sich an Emerson erinnert, unter dessen Einfluß wir nach Detroit gegangen waren? Hatte sie sich den Aufstand, der hier im Gange war, anders vorgestellt, sich wie ich, erträumt, alle Seelen erneuerten sich, sobald alle Autos angezündet waren, so wie das Gemeinschaftsgefühl alle erfaßte, die Emersons Reden lauschten? Waren wir uns an jenem Abend, als ich sie mit Nelly auf der Lautsprecherbox sitzen sah, aus der die Stimme Emersons kam, nicht näher (noch ehe wir ein einziges Wort miteinander gewechselt hatten), als an jenem anderen Abend?

Monate später – wenige Tage vor unserem Flug nach Australien –, als wir in der gleißend erhellten Liftkabine aufwärts fuhren in die 16. Etage des Eastwood Tower, als wir den Lift verließen, bemerkten wir auf dem Flur eine Frau mittleren Alters in einem braunen Kleid, die im Begriff war, aus ihrer Tür zu treten. Sie sah uns aus dem Lift kommen, drehte sich abrupt um, die Schlüssel in ihrer Hand schepperten, sie schloß ihre Tür wieder, wir hörten die Kette klirren und dachten: Das Verhalten der Menschen zueinander wird sich in solchen Wohnkonstruktionen auch in tausend Jahren nicht ändern können, was nützen da die verführerischen Visionen eines Emerson. Ob sich die Welt, die Menschen änderten, wenn es mehr Emersons gäbe, hat sie einmal gefragt, in ihrem Apartment in Chicago, an einem jener wunderbaren Nachmittage, unter der Bettdecke, wo wir uns mit zugestopften Ohren eng zusammenkuschelten. Die Städte seien nichts anderes als ein einziges, von der *großen Maschine* getriebenes Fließband (Emerson), und wir sonnten uns in der Illusion, wir wären von diesem Band abgesprungen.

April. Es muß schon nach Mitternacht gewesen sein, ich erwachte, das Licht brannte, ich sah Hazel im gelben T-Shirt und Slip, sie brachte Decken ins Zimmer, rückte den Eßtisch zur Durchreiche. Zwei Burschen, offensichtlich Neuankömmlinge, die heute Nacht hier schlafen würden, kramten in ihren Seesäcken. Bill zog sich bereits aus, in seinem Eck bei der Balkontür, die Hazel jetzt einen Spalt öffnete. Ich schaute zu Eve neben mir, sie schlief, ihr Gesicht unterm Haarwuschel verborgen. Ich schloß die Augen wieder, drehte mich herum, erinnerte mich, daß Ralf Nachtdienst hatte und sicher gleich nach der Versammlung in die Klinik gefahren war. Halb schon wieder im Schlaf hörte ich noch, daß wir morgen abkommandiert seien, um die Elektrocars in den Fabriken fahrbereit zu machen und zum Grand Circus Park zu bringen; sie schätzten, daß es tausende solcher Fahrzeuge gebe; mit ihnen solle der provisorische Transport der lebenswichtigen Versorgungsgüter verbessert werden. Als dann einer das Licht löschte, war ich immer noch nicht eingeschlafen. Die Brandwunde an meiner rechten Hand schmerzte, die Atemzüge der übrigen Schläfer waren zu hören, nur Eve an meiner Seite schlummerte wie eine Leblose. Durch die einen Spalt geöffnete Balkontür hörte ich die nächtlichen Stoßseufzer der Stadt. Keine Autos fuhren drunten auf den Straßen, keine quietschenden Reifen, kein Motorengedröhne, keine Sirenen. Es schien völlig still zu sein, aber je länger ich hinauslauschte, desto mehr hörte ich doch Geräusche, etwa ein undefinierbares Rumoren, ein von den Windböen hervorgerufenes Vibrieren von Fensterscheiben, vom Wind verwehte Schreie und Rufe, Bruchstücke von Schlagergewinsel. Einmal schrak ich hoch, ich hatte Verkehrslärm im Ohr, Gehupe und Motorenbrummen und Reifenquietschen. Ich bohrte mir die kleinen Finger in die Ohren und lauschte, es war wohl bloß eine Fehlsteuerung im Gehirn gewesen, ich dachte, ist das der Wahnsinn, wenn alle die im Unterbewußtsein gespeicherten Geräusche plötzlich ausbrechen, sich nicht mehr zähmen und abschieben lassen ins Abseits? Ein Knall machte mich wieder hellhörig. Kam er aus einer Pistole? Die Leuchtziffern meiner Uhr zeigten halb drei an. Wer mochte noch wach sein jetzt in der Stadt? Ralf im Bereitschaftsraum seiner Klinik (gestern erzählte er, sie schöben eine ruhige Kugel zur Zeit, es fehlten die durchschnittlich achtzig täglich von den Ambulanzen eingelieferten, mehr oder minder verstümmelten Verkehrsopfer), vielleicht konnte er ausschlafen. Ihm gegenüber hatte ich anfangs ein schlechtes Gewissen, weil er aufopfernd seinen schweren, ihn total erschöpfenden Dienst tat seit Jahren, während ich untätig auf bessere Zeiten wartete. Alle die jetzt Schlafenden, die zwei Millionen sich hebenden und senkenden Brustkörbe unter den Bettdecken, die umschlungen Verliebten, die röchelnden Alten, die Kranken und Schlaflosen, welche die Morgenfrühe herbeisehnten. Irgendwo in einem Büro, hoch oben in einem der gigantischen Grabsteine, mochte ein Krisenstab der Regierung um einen Tisch herum sitzen und die Gegenschläge planen.

Ob die allabendlichen Appelle und Aufklärungsreden Kellys wirklich in die Herzen und Köpfe der Leute eindrangen,

ob alle die arbeitslosen Automobilarbeiter, Hausfrauen, die Polizisten und Taxichauffeure und Büroangestellten die mörderische Konsequenz dieser Lebensart begriffen? (Das Beispiel, das er vor zwei Tagen im Fernsehen brachte, daß, so wie der Vogelschnabel ein sinnvolles technisches Werkzeug sei – vielleicht eines der ersten –, auch für den Menschen gewisse technische Hilfen zu bejahen seien. Wenn aber der ganze Vogel verhorne, absterbe, dann verkehre Technik sich irgendwann in einen Sterbeprozeß ...)
Wie viele Frauen brachten ihre Babys auf die Welt in dieser Nacht? Eve drehte sich im Schlaf zu mir herüber, ihr Haar kitzelte meine Wange. Was mochte sie träumen? Was brachte der morgige Tag? Weiße Fahnen? Unter Elektrocars konnte ich mir nichts Rechtes vorstellen, ich dachte an zweisitzige Wägelchen mit einer kleinen Ladefläche, mit denen innerhalb von Werkshallen Personen und kleine Güter transportiert und die mit Batterien betrieben wurden. Viele dieser Gefährte waren wohl auch bei den Demolierungsaktionen in den Fabriken zerstört worden.

7

Mutter trug gerade den Teller mit den Überresten meiner Mahlzeit hinaus, da läutete es an der Tür. Als ich Evas Stimme erkannte, packte ich die auf der Decke herumliegenden Blätter, schob sie unters Bett. »Eine junge Dame aus dem Büro.« Auf der Schwelle, hinter Mama, lächelte Eva schelmisch, wickelte einen Blumenstrauß aus dem Papier. Sie zögerte. Als ich den Arm unter der Decke hervor ihr entgegenstreckte, schlüpfte sie wohlerzogen aus ihren schwarzen Stiefeln und kam näher. Mama brachte einen Stuhl, nahm ihr die Blumen ab. Ich hatte meine Hand wieder zurückgezogen: »Will dich nicht anstecken.« Wir lächelten uns an. Ich holte mein Taschentuch, einen großen Flecken aus einem alten Leintuch, den mir Mama zurechtgeschnitten hatte, hervor, schneuzte mich ausgiebig, damit sie sah, wie mies es mir ging. »Hast du dich nicht impfen lassen?« Ich schüttelte den Kopf, mein Blick verfolgte die Blumenvase, die Mama auf den Schreibtisch stellte, und sagte, als sie das Zimmer verlassen hatte: »Siehst ja, was es dem Maringer genützt hat. – Ist er schon wieder im Büro?« Sie wisse es nicht, gesehen habe sie ihn nicht. Ich sagte, ich wolle jetzt auch einmal ordentlich krankfeiern, ich hätte das ganze letzte Jahr nicht einen Tag gefehlt. Sie stimmte mir zu, ich solle mich nur ja richtig auskurieren. Siebzehn Kollegen seien krank zur Zeit. Ob ich etwas brauchte, ob sie was für mich erledigen könne. Ich schüttelte den Kopf. Aus meiner Nase tröpfelte es schon wieder. Doch, sagte ich, wenn du mir aus der Brockhaus-Enzyklopädie vom Chef die Seite über Detroit herauskopieren könntest. Detroit? Sie schaute mich erstaunt an. Ich wolle ihr ein andermal erklären … Ende der Woche werde es mir schon wieder besser gehen. Was es bei ihr Neues gebe. Sie suche halt immer noch nach einer größeren Wohnung, habe auch etwas in Aussicht, morgen besichtige sie eine Zweizimmer-Wohnung in Maxglan. Mit ihrem Wagen habe sie Pech gehabt, gestern früh sei sie auf der vereisten Straße, in der Kurve beim Hotel Carlton, ins Schleudern gekommen und gegen den Gehsteig geprallt. Eine Felge sei hin, Lenkung und Achsschenkel müßten überprüft werden, ein paar Tage sei sie jetzt ohne Wagen. Ob sie gar nicht essen gehe, fragte ich sie, es war dreiviertel eins. Sie habe sowieso keinen Hunger, und strahlte mich an. Sie nahm ihr rotgemustertes Kopftuch ab, knöpfte sich den Mantel auf, streckte sich. Ihre Brüste wölbten sich unter dem dunkelblauen Pullover. Ich dachte: Diese Frau ist in dich verliebt; plötzlich ein heftige Gefühl für sie, am liebsten hätte ich sie zu mir gezogen, aber ich legte bloß meine Hand auf ihr Knie (dunkelrote Strumpfhose). Ich dachte, weiß der Teufel, was es mit diesem S. auf sich hat, mit diesem Manuskript, ich werde es herauskriegen. Warum findet Eva mich anziehend, hat es damit zu tun, daß ich S. ähnlich bin, obwohl sie mit ihm, wie sie mir einmal sagte, nicht viel anfangen konnte, aber es heißt ja, daß manche Frauen immer wieder auf dieselbe Art von Männern hereinfallen.

Schlafen, schlafen! Hazel trieb uns gewiß um 8 Uhr aus den Schlafsäcken, es würde wieder ein turbulenter Tag werden. Doch wünschte ich mich nicht zurück nach Chicago. Hatte ich nicht erst vor vier Tagen angefangen zu leben? Die Wiedergeburt des lebenden Leichnams verdankte ich Eve, ohne sie würde ich die Geschehnisse hier aus der *Tribune* mitverfolgen, am Pult von Toms Laden lehnend. Auch das Dröhnen einer Hochbahn ist eine Sinnestäuschung, es gibt (und das ist nun eine ungeheure Erschwernis für das neue Leben in Detroit) in dieser Stadt keine öffentlichen Verkehrsmittel, außer ein paar veralteten Autobussen, die zum größten Teil auch demoliert worden sind und für die es derzeit noch keinen Ersatz gibt. *The Bang*, wie die Geburtsstunde des neuen Detroit genannt wird, jene Abendstunde des 25. März, in der Bürger jeglicher sozialer Herkunft und Rasse begannen, am 2nd Boulevard ihre Autos mit Benzin zu übergießen und anzuzünden, war ja nicht geplant oder organisiert gewesen. Die gepeinigten und verstörten Einwohner einer Kommune, in der Mord und Raubüberfall etwas so Alltägliches waren wie das blindwütige Gehupe der im Schneckentempo auf den Highways vorwärtsruckenden Fahrzeuge, diese Bürger, die, ohne es vielleicht zu ahnen, die Umkehr eingeleitet hatten, dachten nicht an die Schwierigkeiten, die sich einem *Neuen Morgen* in den Weg stellen würden. Sie dachten gar nicht an ein Morgen, instinktiv erkannten sie, was sie zerstörte, und sie zerstörten es. *Give Detroit a lift*. Auf alten Gebrauchtwagen hatten wir in diesen Tagen manchmal noch verwaschene Aufkleber aus dem Jahr 1975 gesehen. Schon damals hatten, wie Bill berichtete, einige Hellsichtige, auf die freilich keiner hörte, prophezeit, Detroit, und damit eine Denkweise, eine Lebensweise sei am Ende. Aber obwohl schon seinerzeit eine Arbeitslosigkeit von zweiundzwanzig Prozent verzeichnet worden sei und die großen Automobilwerke (und somit die Stadt) pleite gewesen seien, habe die Regierung in Washington weitere

Milliarden Dollar in den gigantischen Absterbensprozeß gepumpt.

Diese Niederschrift (für uns, Eve) soll kein minutiöses Protokoll der Ereignisse sein – in der Presse ist alles nachzulesen –, sie dient dazu, daß ich, wie ich hoffe, mir selbst auf die Spur komme. Hier in der australischen Wüste, in diesem hölzernen Anbau, auf einer mehrmals zusammengelegten Decke sitze ich und versuche mich zu erinnern, wie es gewesen ist.

Gleich nachdem Bill und Hazel aufgebrochen waren, mußte ich wohl auf dem Sofa eingeschlafen sein. Als ich erwachte, der Raum war nur durch die kleine Stehlampe auf der Kommode erhellt, lag Eve halb auf mir, ihre Hand streichelte meinen drei Tage alten Bart, sie roch noch immer nach Benzin, obwohl sie sich jeden Tag mehrmals wusch. Ohne daß wir es aussprachen, dachten wir beide: Jetzt ist es wieder wie im Apartment am Mellin Park – aber es war nicht dasselbe, es würde nie wieder so werden, ich legte meine Hand auf ihr Haar, jeder einzelne Muskel meines Körpers schmerzte, alles, was ich wollte, war schlafen, aber ich wußte, hier auf der Couch konnten wir nicht bleiben. Ich zwang meine Augen auf, die Augen von Eve verschwammen zu einem magischen Auge über mir, und dann flüsterte sie: Sch… und schloß mir mit ihren Kinderhänden die Lider, ich wollte noch sagen, es ist so schön, dir nahe zu sein, aber ich war zu kraftlos, schlief wieder ein, und in meinen Träumen fuhren Winde in riesige Haufen von Autowracks, in Blechberge, das knarrte und rumorte und quietschte, und ich stand daneben und fürchtete mich, verschüttet zu werden.

War es der dritte oder der vierte April (und was spielt das in diesen Aufzeichnungen für eine Rolle), daß wir im Morgengrauen durch gellenden Sirenenton aus dem Schlaf geschreckt wurden? Von seiner Matratze bei der Balkontür erhob sich Bill und rieb sich das Gesicht. Wir wußten alle, was der Alarm bedeutete, und wie um ihn zu beglaubigen, waren jetzt vom Detroit River her heftige Detonationen zu hören. Hazel, in Slip und weißem T-Shirt, kam herein, drehte das Radio an: Nichts. Meine Uhr zeigte halb sechs, draußen war es schon hell, Hazel zog die Vorhänge zur Seite, wir schlüpften hektisch in die Jeans, ruhig, ruhig, rief sie und fuhr sich mit beiden Händen ins Haar, Bill saß am Boden und streifte sich die Socken über die ausgestreckten Füße, fluchte. Sie wollen uns einschüchtern, sagte ich, fraglich ist, wie weit sie gehen, und wie sie's anpacken. Nachdem Bill seine Matratze zusammengerollt und unter der Kommode verstaut hatte, drängten wir uns auf den winzigen Balkon hinaus. Unten auf der Elizabeth Street sahen wir Gruppen von Männern stehen und anscheinend aufgeregt debattieren, die Sirene war ausgeklungen, die Stille jetzt beängstigend. Bill hob den Finger, und als wir erstarrten und lauschten, hörten wir auch ein näher kommendes Hubschraubergeräusch am Himmel. Hazel rief uns jetzt wieder hinein, aus dem Radio kam die Stimme eines Sprechers, eine improvisierte Meldung offensichtlich, es war die Rede von der Einnahme des Flughafentowers durch Regierungstruppen, Tausende von Fallschirmjägern seien auf der Belle Isle, im Chandler Park, am City Airport und an anderen Plätzen abgesprungen. Wir sollten an den Apparaten bleiben, in Kürze würden wir mehr und Genaueres erfahren. Der Sprecher wurde abgelöst von einem Mitglied der Bewegung, dieses rief die Bevölkerung und die freiwilligen Brigaden auf, sich nicht kampflos zu ergeben. Die Bewegung sei zwar mit der Devise der Gewaltlosigkeit gegen Personen angetreten, aber wenn wir angegriffen würden, müßten wir uns verteidigen, Waffen seien in genügender Menge vorhanden. Die Falken in der Bewegung hätten nie an den guten Willen der Regierung geglaubt. In Kürze würden die Standorte der Waffendepots verlesen werden. Er verwies auf die den Gruppenführern bekannten Wellenbereiche für die Funkverbindung mit dem geheimen Hauptquartier. Hazel zählte uns ab, eins-zwei-drei-vier-fünf-sechs, und bestimmte die Reihenfolge, in der wir das Bad benutzten. Soll die Schinderei der letzten Tage umsonst gewesen sein, dachte ich, die Schrammen an meinen Händen, Rißwunden an den Beinen waren noch nicht verheilt und nur notdürftig verbunden. Ohne zu wissen, was ich suchte, kramte ich in meiner Reisetasche. In meinem Gürtel hatte ich noch ein paar Dollar, das war alles, Eve hatte nichts mehr. Als eine Frauenstimme im Radio anfing, die Depots zu verlesen, rief Hazel, die sich ihren Wuschelkopf mit beiden Händen rieb, als wollte sie ihn elektrisch aufladen, gebt acht jetzt, wir haben F 17. Sie kam, immer noch im Slip, zu mir, boxte mich in die Rippen, du kommst doch mit? Wird schon nicht so schlimm werden, meinte sie und leckte sich die wulstigen Lippen, aber wir müssen ihnen die Zähne zeigen. Ich sagte, mir wäre es lieb, wenn Eve hier bliebe. Hazel nickte, Eve könne sich nützlich erweisen, indem sie Telefondienst mache für uns. Ralfs Dienst ende um elf, er werde dann zu uns stoßen. Ich zeigte ihr meine Hände, ob sie ein Pflaster habe. Ojemine! rief sie, wie willst denn du ein Gewehr halten? Ich folgte ihr in die Küche, wo sie ein kleines Transistorradio aufdrehte, meine Wunden mit Whisky wusch und verband. Sie gefiel mir nicht, ihr Gesicht war mir zu hart, aber ich spürte die ausstrahlende Wärme ihres geschmeidigen, sehnigen Körpers. Da haben wir's, sagte sie, Connors, oben an der Kreuzung zur Cass, ich kenn ihn. Warte! Sie steckte mir eine Stange Weizenkekse zu, für unterwegs, wir haben jetzt keine Zeit zum Essen, hielt mir die Whiskyflasche hin. Sie beruhigte mich allein dadurch, daß sie in der Nähe war. Ohne sie wären wir wie die Hühner in der Wohnung herumgeirrt. In fünf Minuten Abmarsch, ja? Auf der Toilette pinkelte Bill, ich stellte mich zu ihm und tat dasselbe. Jetzt rührt sich endlich was, sagte er, und ich dachte, ich habe in den letzten drei Tagen auch nicht grade geschlafen. Im Bad wusch ich mir das Gesicht, sah mich im Spiegel an, war das ich, diese stoppelbärtigen, eingefallenen Wangen? Du hast Angst, was? sagte ich zu meinem Spiegelbild, macht nichts, wenn du draufgehst, mir fielen Straßenkämpfe und andere kriegerische Auseinandersetzungen ein, die ich in den letzten Jahren immer wieder einmal irgendwo auf dem Bildschirm beobachtet hatte, auf dem Stuhl sitzend oder im Bett liegend. Hazel blickte herein, ich fuhr mir mit den Fingern durch die Haare und ließ sie ans Waschbecken. Im Wohnzimmer waren vom Balkon her aus weiter Entfernung Schüsse zu hören, Bill hatte seine weiße Schirmmütze aufgesetzt und kaute irgendwas. Ich umarmte Eve, hob sie hoch, sie schloß ihre Arme um meinen Hals und schlang ihre Beine um meine Hüften – so trug ich sie zur Fensterfront. Ihre merkbare Angst ließ mich meine vergessen. »Beruhige dich, sie können ja nicht auf ihre eigenen Bürger schießen. Das einzige, was zählt für mich, bist du. Aber ich muß jetzt da hinaus. Deswegen sind wir ja hergekommen …« Hazel reichte Bill eines der Funkgeräte. Ich ließ Eve an mir hinuntergleiten, drückte sie noch einmal. Als wir zu viert im Lift abwärts fuhren, konnte ich weder Bill noch Hazel anschauen. Ich spürte meine Knie zittern, und ich haßte mich deswegen, ich haßte diese Welt und auch Hazel, die Bewegung, diesen sinnlosen Kreuzzug, wie mir jetzt schien. Waren wir nicht auch so was wie Missionare, die glaubten, im Besitz der Wahrheit zu sein, ich haßte auch mich selber, weil ich nicht mehr an die Revolution glaubte, ich verabscheute Emerson mit seinen aufrührerischen Reden, der jetzt am Fernseher verfolgte, was in Detroit vor sich ging, für ihn war es ein Film, aber wir steckten mittendrin.

An den Häuserwänden entlang standen Leute, die Sirene hatte sie wohl aus den Betten gejagt, wir hatten uns die weißen Armbinden übergestreift, ein fetter Schlabberpudding von einem Weißen, im schmuddeligen Morgenmantel: »He, was is'n eigentlich los!« aber Bill drängte ihn zur Seite. Hubschraubergeflatter. Immer hab ich bloß zugeschaut, wenn irgendwo auf diesem Erdball sich Menschen bekriegten, und gemeint, es betreffe mich nicht, wenn sie sich mit Maschinengewehren beschossen, wenn Häuser zerbombt wurden, wenn Mütter mit ihren Babys und geringem Hab und Gut flüchteten ... Hast du tatsächlich geglaubt, du könntest dich dein Leben lang drücken davor? Im Hinterhof von Connors' Spirituosenladen, der einem kleinen Heerlager glich, wurden Maschinengewehre und Munition ausgegeben, wir reihten uns in die Schlange, Hunderte von Gewehren lagen da in fünf oder sechs Stößen aufgeschichtet, Magazine, Stahlhelme, Handgranaten. Da waren schlaksige junge Farbige vor mir, die Witze rissen, die meisten Männer waren ungefähr in meinem Alter. Diejenigen, die ihre Waffe ausgefaßt hatten, stellten sich an der Hofmauer links auf, wurden anscheinend instruiert. Die Stimmung war alles andere als gedrückt, und auch meine Beklemmung wich inmitten dieses lärmenden Haufens zumindest einem Wurschtigkeitsgefühl. In dem Augenblick, als mir der hochgewachsene Schwarze im olivgrünen Overall das Maschinengewehr in die Hand drückte – er hatte vorher ein Magazin hineingeschoben, mir zwei weitere zugesteckt –, geschah etwas Merkwürdiges: Ich fühlte mich vogelfrei, ich dachte, jetzt bist du bewaffnet, jetzt können sie auf dich schießen. Meine Haut schien so verletzlich geworden, als wäre sie aus Zigarettenpapier. Ein Zuruf weckte mich, ich hatte vergessen, mir einen passenden Helm aus dem Haufen zu suchen. Eine Gruppe von fünf Mann, marschierten wir dann zur Ecke Clifford Street, das war der uns zugeteilte Posten, eine junge Inderin mit Kinderwagen wich uns ängstlich aus, von Regierungstruppen war nichts zu sehen, wir schauten die Clifford hinunter, die Elizabeth hinein, der Helm rutschte mir ins Gesicht, meine Hand schmerzte, ein paar Gewehrsalven aus der Richtung des Grand Circus Park ließen mich wieder zweifeln, ob das Ganze tatsächlich ein Spaziergang sei. Der wortkarge Bill wurde mir, seit er den Stahlhelm trug, noch fremder, er schien ein anderer zu sein, nur an der Art, wie er seine Zigarette hielt, blieb er mir vertraut. Ich dachte an Eve, in einigen Tagen war ihr zwanzigster Geburtstag. Dyczek, der Kleine in der braunen Lederjacke neben mir, sprach mich an, ob keiner von uns ein Taschenradio bei sich habe, damit könnten wir die laufenden Nachrichten hören. Er sei aus Hamtrack, seine Frau erwarte nächste Woche ihr viertes Kind. Wir setzten uns auf die Steintreppe zu *Scheffer's Liquors*, ich mußte die Gewehrmagazine aus dem Hosenbund nehmen, holte die Kekspackung hervor, brach sie auf, bot Dyczek davon an, es war jetzt halb acht. Bill und seine beiden Kumpels unterhielten sich auf der Straße mit Passanten, ein Mann zog auf einem Handwägelchen Kisten mit Melonen vorbei. Dyczek erzählte, er sei von der Ford Company schon vor zwei Jahren entlassen worden, lebe von der Fürsorge. Er deutete nach vorne, wo jenseits der Kreuzung ein gläserner Wolkenkratzer sich höher hinaufzog, als der Blick ihm zu folgen vermochte; ab dem zwanzigsten Stockwerk ungefähr spiegelten sich die ersten Sonnenstrahlen darin und das gegenüberliegende Gebäude der Western Union. Gegen den Vorbau dieses Glaspalasts war ein *Bellaria* gefahren, die total eingedrückte Vorderpartie zeigte schräg gen Himmel, als wäre der Wagen eine imaginäre Treppe hinaufgefahren, um dem Skyliner die Füße zu küssen. Die Tür fehlte, an den roten Plastiksitzen schienen die Ratten genagt zu haben. An der Konstruktion dieses Modells habe er mitgewirkt, technischer Zeichner sei er. Ich wisse schon, vor zwei Jahren, als wieder einmal ein neues Modell die Krise der Ford Company hätte beenden sollen … *Bellaria* … Eine Schar Kinder, von zwei resoluten Frauen in Schwesterntracht geleitet, beherrschte jetzt den Gehsteig, grimassierend, unartikuliert blökend. Ein Bürschchen in Knickerbockerhosen trat mir sanft lächelnd gegen das Schienbein. Wieder näherte sich flatternd eine Helikopterstaffel am Himmel. Dyczek erzählte, daß seine Frau mit dem Kinderwagen einkaufen fahre, bis zum Grand Boulevard müsse sie jeden Tag. Ich erhob mich jetzt, steckte die Munition ein, um mich zu Bill zu gesellen. Dyczek folgte mir. Wir hätten sowieso nichts zu verlieren, komme was wolle. Er habe nur noch eine Lunge; seiner Schwägerin, Lehrerin, die bei ihnen wohne, hätten sie kürzlich die zweite Brust weggesäbelt, wir hätten alle Krebs mehr oder weniger, Krebs in der Zunge, im Magen oder in den Hoden, für unsere Urenkel sei vielleicht noch was zu gewinnen, und deshalb stehe er hier. In Chicago, vor zwei, drei Jahren, hatte ich mich einmal in panischem Entsetzen in eine Hausnische gedrückt, als eine Horde von jungen weißen Kerlen, die sich das Gesicht bemalt hatten, krakeelend, quiekend, kettenschwingend eine Straße in Old Town herunterfegte. Er und seine Familie hätten die letzten acht Jahre zuhause nur mit Kopfhörern gelebt. Jacobs Street, verstehst du, zwei Meilen vom Airport …

Wie lange sind wir an der Ecke herumgestanden? Bill war der erste von uns, der etwas merkte, er winkte mit seiner MP, wir schauten die Clifford hinunter, die Clifford hinauf, die Elizabeth hinein, es war nichts Auffälliges zu sehen, aber jetzt sichteten wir zwei Männer, die die Clifford aus der Richtung vom Hilton-Hotel herauf gerannt kamen und heftig mit den Armen ruderten. Gleichzeitig spürten wir ein Rumoren, noch ehe wir es hörten. Zuerst sah ich ein paar Jungen verkehrt auf uns zugehen, zuhüpfen – so hatte es was Spielerisches, als der erste Panzer sichtbar wurde, trotz des drohend vorgereckten Kanonenrohrs. Die Jungen schienen Gegenstände zu suchen, mit denen sie nach dem Panzer, auf dessen Vorderteil, wie ich jetzt sah, zwei Soldaten mit Gewehren saßen, werfen konnten. »Die Straße verbarrikadieren, schnell«, rief Bill. Hinter dem Panzer (man hörte schon das Rasseln der Ketten, die Straße erbebte) tauchte ein weiterer auf. »Tanks!« schrie Dyczek. Mit was die Straße versperren? Zu spät, dachte ich. Wie gebannt blickten wir auf die langsam sich näher wälzenden Panzer, auf der anderen Straßenseite versuchten Männer das ausgebrannte Wrack eines Porsche vom Fleck zu schieben, es ließ sich bewegen, sah ich, während wir zu viert zu dem Bellaria hinüber liefen, wir stemmten uns keuchend gegen die Karosserie, der Wagen kippte über und krachte auf den Gehsteig, ein paar Passanten halfen uns, ihn in die Straßenmitte zu zerren. Die ersten Jungs, die den Panzern vorauseilten, waren bei uns angelangt, wir hatten die Geschwindigkeit der Panzer unterschätzt, der Asphalt dröhnte und bebte, es blieb uns keine Zeit mehr, weitere Fahrzeuge auf die Straße zu schieben. Wir sahen keine Sicherungstrupps der Bewegung, anscheinend waren wir die einzigen weit und breit. Die beiden Panzer näherten sich der Kreuzung, ich dachte, sie kommen von der Washington oder Woodward herauf, also vom Detroit River, wir griffen nach unseren an der Hausmauer abgestellten Waffen und suchten einen Hauseingang, in dem wir uns verbergen konnten.

Je näher die Panzerfahrzeuge kamen, desto weniger konnte ich denken. Wie hypnotisiert starrte ich auf das kettenrasselnde olivgrüne Ungetüm. Der erste stieg vorne hoch, als er gegen das Bellariawrack stieß, überrollte es knirschend und krachend, jetzt waren sie nur noch etwa fünfzig Yards entfernt, die beiden Soldaten, die außen drauf saßen, trugen Gasmasken. Die haben Tränengas, rief Bill, der erste Panzer zermalmte das nächste Autowrack wie nichts, er drehte sich zu uns her, Dyczek rüttelte an der Tür des Ladens, in dessen Eingangsnische wir uns preßten, dann war auf einmal alles in Nebel gehüllt.

Immer wenn ich im Schreiben unterbrochen werde, fällt es mir nachher schwer, dort fortzufahren, wo ich aufgehört habe. »Soll ich mich schämen, weil ich einmal, vor anderthalb Jahren, Angst um mein Leben gehabt habe«, fragte ich Helen, die hereingekommen war, während ich an dieser Seite tippte. »Fürs *Vaterland* würde ich mein Leben nicht lassen, aber ich habe mir eingebildet, für eine bessere Welt zu kämpfen, und als ich dann tatsächlich in Gefahr geriet,

wünschte ich mich weit weg ... Immer, wenn Menschen von einer *besseren Welt* reden, meinen sie sich selber. Sie vergessen alles andere Leben, das vor Millionen von Jahren sich entwickelte. Manchmal läßt der Begriff Humanismus mich verzweifeln, weil wir Menschen uns nicht mehr erinnern, wie alles zusammenhängt.
Den ganzen Vormittag schon tobte draußen in Abständen ein Sandsturm. Die beiden hatten (wie Helen berichtete) Bridge gespielt. Ich hüllte mich enger in die Decke, der Wind pfiff durch die Ritzen, immer wieder spuckte ich Sandkörner aus. Helen hatte sich ein Seidentuch vors Gesicht gebunden. Das Essen sei fertig. Sie hockte sich neben mich, versuchte zu lesen, was ich schrieb.
Auf meine Frage antwortete sie: Sie könne sich nicht vorstellen, für *irgendwas* ihr Leben herzugeben. Sie habe ja noch gar nicht gelebt. »Und wenn du mit deinem Leben das Leben vieler Mitmenschen oder Nachfahren retten könntest?« – »Willst du mich opfern, was? – Komm jetzt essen!«
Sie trug ihre klingelnden Metallarmreifen nicht mehr, seit ich vor zwei Tagen gesagt hatte, die Dinger gingen mir auf die Nerven.

Hätte die Revolution von Detroit anders verlaufen können? Das habe ich mich schon damals gefragt, als wir wieder in meinem Apartment in Old Town lebten, auf der Suche nach raschem Geld für Tickets nach Melbourne, unser Ziel war jetzt *Moville*.

Das Feuer hatten, wie uns gesagt worden war, die Regierungstruppen begonnen, mehrere Schüsse auf unsere bewaffneten Garden vor dem Renaissance Center. Wäre vieles, wäre alles anders verlaufen, hätten sowohl die Kämpfer der Bewegung als auch der aktive Teil der Bevölkerung auf Waffen verzichtet? Was würden Regierungspanzer gegen hunderttausend oder mehr Bürger vermocht haben, hätten sie sich auf den Straßen niedergelassen, wie hätten sich wohl die Fallschirmtruppen mit ihren Schnellfeuerwaffen verhalten? Ab dem dritten Kampftag herrschte, wie ich später nachlas, in Detroit nur noch das Chaos. Es gab keine Rundfunksendungen mehr, kein Fernsehen, Gruppen und Brigaden kämpften nach eigenem Gutdünken, sie hatten keine Verbindung mit den Führern der Bewegung …

Mir war schwindlig, die Luft, die ich einsog, fuhr mir kratzend durch den Rachen. Ich lag auf der Seite, vor meinen Augen der löchrige Tennisschuhabsatz eines auf dem Bauch Liegenden. Jetzt kannte ich mich auch wieder aus, ich war bloß auf der anderen Straßenseite; schräg gegenüber, verdeckt von einem dort lehnenden, halb eingerollten Transparent auf Stöcken (*… should be stopped right now*), sah ich Scheffers Liquors shop. Er habe zu denen gehört, sagte ein Uniformierter und deutete auf den qualmenden Panzer, er sei abgehauen, im Grand Circus Park habe er seinen Overall ausgezogen. Sie seien belogen worden. Sicher würden noch eine Menge seiner Kameraden desertieren. Sie seien alle betroffen gewesen, daß es sich bei dem Widerstand nicht bloß um ein paar »von fremden Mächten gelenkte Söldner« handle, sondern daß offensichtlich ein großer Teil der Bevölkerung hier diesen Aufstand angezettelt habe. Meine Uhr zeigte halb zwölf. Ich wischte mir den gefrorenen Schaum aus dem Gesicht. War ich so lange ohnmächtig gewesen? Wir saßen alle auf der Gehsteigkante, sechs Mann, auf der anderen Straßenseite trugen zwei Weiße in Bluejeans und weißen Mänteln jemand Zugedeckten auf einer

Bahre. Ich fragte den Krausköpfigen neben mir, wo wir eine Hose für den da – und deutete auf Rick – herkriegen könnten. Für den langen Lulatsch? Er hat schon eine Gänsehaut, sagte einer, der Reitstiefel trug und seine Jeans in sie hineingestopft hatte. Gehen wir zu Valentine, da kriegt er was zum Anziehen, und ich brauch dringend ein Bier, rief Sam, er tänzelte in die Straßenmitte, winkte und rief: »Taxi!« Wir gingen die Clifford hinunter, die Abdrücke der Panzerketten waren auf dem Asphalt zu sehen. Eine seltsame Mannschaft, aber niemand drehte sich nach uns um. Ich hab mich wohlgefühlt unter diesen übermütigen Kerlen, Luc hieß glaube ich der eine, dessen dunkle Sonnenbrille nur mehr ein Glas hatte, Val der andere mit der Maultrommel, der halbnackte Rick, und Sam im weißen Kaftan. Wäre nicht der qualmende Panzer gewesen, nichts hätte auf einen Bürgerkrieg gedeutet, es waren so viele Leute auf den Straßen wie in den Tagen zuvor, und sie unterhielten und bewegten sich nicht aufgeregter als gewöhnlich. Valentine, das war der Inhaber einer Kellerbar, ein unrasierter Schwarzer in den Sechzigern, der auf einer Schreibmaschine tippte, als wir durch den Perlenvorhang drangen. Die Brüder schienen Stammgäste zu sein hier. Als Sam Rick vorschob, der brauche was zum Anziehen, zog Valentine, der sich erhoben hatte, den Vorhang hinter seiner Theke zur Seite, rief einen Namen und winkte Rick, er solle dem Mädchen, einer etwa fünfzehnjährigen schwarzen Schönheit mit Küchenschürze, folgen. Rick, im Slip, schien sich zu genieren.

8

Sonntag. »Was schreibst du?« hat Eva gefragt, heute nachmittag, als sie eine Stunde auf dem Stuhl und dann auf dem Fußende meines Bettes saß. Auf meinem Tischchen lag aufgeschlagen mein Tagebuch. S.' Manuskript verwahre ich jetzt immer in der Schublade. »Ach, so Gedanken, Erinnerungen ...« – »Darf ich's einmal lesen?« – »Vielleicht ...« und ich spürte, ich war nicht sicher, ob ich mich über ihren Besuch freute. Ein wenig hatte mir beim Begrüßungskuß beinah geekelt vor dem auffälligen Rouge auf ihrer Wange.

Ich stellte mir S. vor, mitten in den Wirren von Detroit, so wie er es beschreibt ..., sah ihn, irgendwo in Australien, schreiben »für Eve«, während eine »Helen« ihm über die Schulter schaut, das Skript in meiner Lade, Eva neben mir, ein wenig verunsichert über mein zurückhaltendes Benehmen. Meiner Mutter gefällt sie: »Ein sehr liebes Mädel ...« Wahrscheinlich hofft sie ... Die Nachbarn fragen hin und wieder, hat Ihr Sohn gar keine Freundin, keine Verlobte?

Ach, Eva, sieh mich nicht so an ... Am liebsten wäre mir, sie zöge sich aus und käme zu mir ins Bett, wir schmiegten uns aneinander, Haut an Haut, und ich bräuchte nicht ihren fragenden Blick auszuhalten. Ihre Neuigkeit: Sie werde nächste Woche den Mietvertrag für die Wohnung in der Bayernstraße abschließen. Mehr als zwanzig Interessenten hätten sich beworben, mit ihrem Charme habe sie es geschafft, sagte sie lächelnd.

Vorhin habe ich die beiden fotokopierten Seiten aus dem Brockhaus über Detroit gelesen. »Eine reine Industriestadt … Stadt des schnellsten wirtschaftlichen Aufstiegs (*Booming City*) …« Ich las von Unruhen, bewaffneten Aufständen, mehreren Krisen der Automobilindustrie, der höchsten Arbeitslosen- und Mordrate der Welt, aber nichts von einer Revolution oder einem Bürgerkrieg.

Meine Stimme klinge so fremd (Eve am Telefon), ob alles in Ordnung sei. Die anderen hätten sich gesorgt um mich, ich sei verschwunden gewesen, als sie aus der Gasbetäubung aufgewacht waren. Die Gruppe sei einberufen worden zum New Windsor Tunnel. Alle die Panzer, die heute morgen protzig die Straßen von Downtown durchfahren hatten, seien von Windsor herübergekommen. Das Renaissance Center sei in der Gewalt der Regierung, einige unserer Leute seien dort heute früh im Kampf mit den übermächtigen GIs umgekommen. Rundfunk und Fernsehen sendeten nicht mehr, aber die Brutalität der Fallschirmjägertruppen habe sich rasch herumgesprochen, und die Regierung habe es sich mit einem Teil der Bevölkerung verscherzt, nachdem die Stimmung anfangs sehr unentschieden gewesen war. So seien einige Panzer in der Jefferson jubelnd begrüßt und mit roten Rosen beworfen worden. Im Grand Circus Park soll sich ein doppelter Kordon von mehr als zweitausend Leuten um die im Park stationierten Fallschirmtruppen gebildet haben. Die GIs seien anscheinend ratlos gewesen gegenüber dieser Demonstration von Bürgern jeglichen Alters, jeglicher Hautfarbe. Es mache ihr keinen Spaß, da oben im sechzehnten Stock zu sitzen und nur telefonisch mit der Außenwelt verbunden zu sein.

Während wir uns den Washington Boulevard hinuntertreiben ließen in Richtung Detroit River, wurde mir bewußt, daß wir so gut wie noch nichts gesehen hatten von Downtown. Vom Fluß her Schüsse – es schien mir in diesem Augenblick die adäquate Akustik zu dieser Architektur, diesen, je mehr wir uns Downtown näherten, immer höher in den Himmel ragenden, gigantischen Bürotürmen, deren spiegelnde blinde Fassaden ihre Schatten über uns legten. Wir marschierten jetzt auf der Woodward Ave, die Truppe beschleunigte ihre Gangweise, ich hatte Mühe, hinter Rick zu bleiben, Sam und seine Freunde hatte ich schon aus den Augen verloren. Das Getümmel der vorwärtsstürmenden Leute ließ Angst gar nicht aufkommen. Zwar waren viele vor und neben mir mit Maschinengewehren und Revolvern bewaffnet, und ich war froh, nicht in vorderster Front marschieren zu müssen, war aber auch sicher, daß keiner von uns den ersten Schuß abfeuerte. Wir erreichten und überquerten einen noch breiteren, in der Mitte mit einem Grünstreifen ausgestatteten Boulevard und sahen das Civic-Center und den Fluß. Der Parkplatz vor der Zufahrt zum Windsor Tunnel – eine Halde mit Hunderten ausgebrannter Autos. Von den Regierungssoldaten noch nichts zu sehen, wir hatten jetzt Luft, Windsor Tunnel, oder Renaissance-Center, was war das Ziel der Volksmassen? Ich sah die Zufahrt zum Tunnel, und, als wir den Kreisverkehr überquert hatten, von dem die Zufahrt zum Fluß abzweigte: Panzer und Kordons von GIs, die ihre Gewehre senkrecht in die Höhe hielten. Der Menschenhaufen, in dem ich mitgerissen worden war – längst war mir auch Rick entschwunden –, bewegte sich recht zögernd vorwärts, mit kleinen Schritten, und die ersten hielten an, als die Soldaten ihnen jetzt ihre Gewehre entgegen streckten. Einige hatten Büchsen mit armdicken

Läufen, wohl mit Nervengas geladen. Immer noch, Zentimeter für Zentimeter, rückten wir weiter vor: Einer links rief irgendetwas. Ich dachte, ein Schrei genügt, und wir stürmen vorwärts, überrennen die dreißig oder vierzig Mann, und je näher wir ihnen auf den Pelz rückten, desto weniger Chancen haben sie, ihre Waffen zu gebrauchen. Immer mehr Männer vor mir zogen ihre Pullis aus und hielten sie sich vors Gesicht.

Einem der GIs waren wohl die Nerven durchgegangen, ein dumpfer Knall, und links von mir waren alle eingenebelt, ein Husten und Keuchen, ein Drängen zu uns herüber, und nun stürmten sie auf meiner Seite vorwärts, ich drückte mir meine Jacke vor Nase und Mund und lief mit, wohl ins Feuer eines MGs hinein, es gab kein Zögern mehr, hinter mir drängten sie nach, wir hüpften und stolperten über verletzte oder gefallene Kameraden, vor uns hatten sie jetzt ohne Rücksicht auf Verluste die feuernden GIs überrannt, der grüne Qualm nebelte auch uns ein, schon auf der abschüssigen mehrspurigen Fahrbahn, die in den Tunnel hineinführte, tat ich es denen vor mir nach, rollte mich auf den Asphalt, kollerte da hinunter, kam wieder in die Hocke, richtete mich benommen auf, wir waren nur noch sieben oder acht, liefen in den schutzverheißenden Tunnel hinein …

Der GI stand plötzlich zwei Armlängen vor mir, war aus einer Eisentür herausgekommen, mein Glück war, daß mir keine Zeit blieb, in die Hose zu machen, dazu kam, daß auch er überrascht war, ich schrie und fletschte die Zähne, nein, nicht ich schrie, *es* schrie aus mir heraus, ich rammte ihm meinen Schädel in den Bauch, fiel auf ihn, mit beiden Händen griff ich nach seinem Gewehr, er schien starr vor Angst, der Helm war ihm vom Kopf gefallen, ein noch ganz junger, vielleicht 20jähriger Blondschopf; mein Kamerad, ein Schwarzer in einem rotkarierten Hemd, zog ihn hoch, klopfte ihn ab, suchte nach weiteren Waffen, nimm's leicht, sagte er, wir haben nicht angefangen zu schießen, und er stieß ihn vorwärts, aber der Soldat ließ sich gleich wieder zu Boden gleiten, Schüsse und Querschläger gellten herein, unsere Leute beim Tunneleingang waren nicht zu sehen, hatten sich wahrscheinlich verschanzt. Komm, laß uns zu den anderen hinübergehen, sagte mein Kumpel, ich hatte die Tür in der Mauer ganz aufgestoßen, meinen Kopf hineingesteckt. Er ergebe sich, sagte der Soldat, er wolle es mit uns halten. Ich fragte ihn, ob hier im Tunnel noch weitere Fallschirmjäger postiert seien, was er verneinte. Er habe sich verstecken wollen, bis alles vorbei sei, er schieße nicht auf Leute. Hinter der Tür verlief ein grell beleuchteter Gang mit gelbgestrichenen Wänden. Ich glaubte dem GI, reichte ihm sein Gewehr, da fuhr mein Kumpel dazwischen, bist du wahnsinnig, der GI riß die Waffe an sich, stieß sie meinem Kameraden ins Gesicht, und während die beiden miteinander kämpften, lief ich in den Gang hinein, der sich krümmte, wartete auf einen Schuß, spürte schon den glühenden Schmerz in meinem Rücken, aber da war nur mein keuchender Atem, ich rannte, links sah ich die Umrisse einer grüngestrichenen Eisentür, rannte weiter, noch eine Tür, ich drückte die Klinke, schubste die schwere eiserne Tür auf, Dunkel, schloß die Tür, lehnte mich dagegen, schnaufte, spürte einen Riegel im Kreuz, schloß ihn, merkte, daß es doch nicht völlig dunkel war in dem Raum, rechts an der Wand flimmerte es, und das Flimmern kam aus fünf Monitoren über einem Kontrollpult. Ich sah den Tunneleingang, wo menschliche Leiber übereinander lagen, Teilstrekken vom Innern des Tunnels, die leere Fahrbahn; auf einem

Monitor zwei querstehende, anscheinend beschädigte Panzer im Tunnelinneren.
An der kühlen Wand gegenüber dem Kontrollpult ließ ich mich langsam zu Boden gleiten, meine Knie gaben nach. Eine Monitorbildfläche war nicht in Betrieb, wo mochte die Kamera des sechsten Monitors postiert sein? Vielleicht filmte sie gerade die GIs, die mich suchten, einerlei, ich rührte mich nicht mehr weg. Wo befanden sich die Bediensteten, die an diesem Pult saßen, die den Verkehr im Tunnel kontrollierten und regelten? Seit Tagen gab es ja hier nichts mehr zu regeln, die Leitschienen glänzten vom Licht der fortlaufend an den Wänden angebrachten Neon-Leuchtplatten.

Eve, Hazel, Bill, Ralf, Rick, Val, ... in Wahrheit dachte ich mich in das breite 24-Stunden-Bett in Debbies Apartment in der Campbell Street, ich sehnte mich danach, ganze Tage zu verschlafen, meinetwegen bei lebendigem Leib zu verfaulen ... Ich hatte mich in die Welt hinausbegeben, hatte sie *verändern* wollen – und was war daraus geworden?
Ich hatte Eve gefunden, Eve brauchte mich. Hätte ich von den weiteren zwei Türen in diesem Kontrollraum gewußt, ich wäre wohl nicht so seelenruhig eingeschlummert. Die fünf Monitore sendeten immer noch dieselben Bilder, als ich erwachte. Meine Uhr zeigte immer noch 3 p.m., das Plexiglas hatte einen Sprung. War es schon Nacht? Das Licht, das die vor dem Tunneleingang patrouillierenden Fallschirmjäger sichtbar werden ließ, schien kein Tageslicht zu sein. Ich fand den Schalter, der grelle Schein der Deckenbeleuchtung blendete mich. Die erste Tür führte in einen kleinen Aufenthaltsraum mit Tisch, Stuhl, Kühlschrank. Auf einem Haken hing eine Uniformjacke, an der Rückwand stand sogar

eine Pritsche. Die andere Tür, auf der Seite der Monitorwand, führte in einen schlauchförmigen, gerade mannshohen Gang, in dem dicke Röhren und verschiedenfarbige Schläuche und Kabel verliefen. An der linken Seite blieb ein schmaler Streifen zum Gehen, ich erinnerte mich, daß ein Monitor diesen Schlauchgang zeigte, die Röhren führten wohl hinüber nach Kanada. Ich versuchte mich zu orientieren: In welche Richtung blickte ich jetzt, woher kam ich? Von der Decke klatschten Tropfen auf den glatten Betonboden und erinnerten mich daran, daß ich mich unter dem Detroit River befand. Am Monitor waren keine Neuigkeiten zu entdecken. Das Telefon gab nur einen Piepston.

Bevor ich mich auf das Sofa an der Wand des Aufenthaltsraums legte, probierte ich die Wurst aus dem Kühlschrank. Im Finstern erwachend, noch mehr frierend als beim Einschlafen – notdürftig hatte ich mich mit der Uniformjacke zugedeckt –, rätselte ich, welche Tageszeit es sein könnte, und wenn ich mich recht erinnerte, hatte ich das Licht im Kontrollraum brennen und die Tür einen Spalt offen gelassen. Nun brannte nirgends mehr ein Licht, auch nicht im Röhrengang, nicht einmal ein Kontrollämpchen auf dem Pult. Mit meinen Händen und Fingern lernte ich mich zu orientieren, manches, was ich befühlte, erschien mir neu und fremd, wohl weil ich, als es noch hell war, zu wenig beachtet, wahrgenommen hatte. Es handelte sich bloß um einen vorübergehenden Stromausfall, und ich konnte nichts anderes tun, als mich wieder auf die Pritsche zu legen. Ich habe wohl vor Schreck geschrien, als Hillary, der Alte, mich weckte, als er mir mit seinen Fingern ins Gesicht fuhr und: »Tony, bist du's?« fragte. Hillary, ich habe ihn nie gesehen, nur seine heisere Stimme gehört, und doch ist er mir gegen-

wärtig, wenn ich an ihn denke. Ob er noch lebt, ob er immer noch nachts sich aus dem Kühlschrank bedient? Er habe schon einmal einen Stromausfall erlebt, vor fünf oder sechs Jahren, als er noch seinen Dienst ausübte. Mehrere Trucks seien zusammengekracht, aber nach einer halben Stunde hätten alle Lichter wieder gebrannt. Ich sei wohl ein Neuer? Ob Tony mir von ihm erzählt habe? Er hole sich jede Nacht ein paar Bissen aus dem Kühlschrank, müsse ich wissen. Er lebe bei den Röhren, zwischen den Röhren, ungefähr in der Mitte des Tunnels, im Niemandsland habe er sein Plätzchen, solange er noch lebe. Sechzehn Jahre habe er Dienst getan hier unten, habe es länger ausgehalten als alle anderen. Aber dann habe es auch ihn erwischt. Vierundvierzig sei er gewesen, als sie ihm zum ersten Mal eine Geschwulst herausgeschnitten und ihn dann gleich pensioniert hätten. Die Luft hier unten sei pures Gift, trotz aller Absaug- und Entlüftungsschächte und Ventilatoren. Bei irgendeiner Inspektion im Kabelschacht werde ihn einmal einer finden.
Bald nach der Pensionierung habe er sich zwischen den warmen Röhren eingenistet. Hier unten habe er gelebt, hier wolle er schließlich auch krepieren. Wer hätte gedacht, daß er so zäh sei? Die Ärzte hätten ihm vor vier Jahren nur noch ein knappes Lebensjahr vorausgesagt. Irgendwas sei wieder einmal los, oben, vor Tagen schon sei ihm aufgefallen, daß die Monitore keinen Verkehr im Tunnel registrierten, aber ihn kümmere der Verkehr im Tunnel nicht mehr. Sein Wunschtraum sei die *Crevette Sedan* gewesen, sein ganzes Leben lang habe er nur billige Gebrauchtwagen gefahren und jeden Dollar auf die Seite gelegt. Doch dann hätten die Krankenhausrechnungen alle seine Ersparnisse geschluckt. Wie er im Finstern herübergefunden habe? Kein Problem, er kenne jeden Schritt im Gang, jede Abzweigung,

jede Tür ... Ja doch, es gebe da noch Werkstätten, die Depots der Feuerwehr, der Straßenmeisterei, ein Unkundiger könne sich leicht verirren. Etwa zweihundertfünfzig Yards von hier führe ein schmaler Gang unter der Fahrbahn auf die rechte Seite des Tunnels hinüber, wo in eben einem solchen Röhrengang eine Wasserleitung verlaufe. Dort drüben habe er nichts verloren, allerlei Gesindel treibe sich in den Gängen herum, Messerstechereien, Junkies, Handel mit Diebsgut ... Die Angestellten des Wasserwerks wagten sich nur mit einer Eskorte der Citizens Police in den Gang.
Übrigens solle ich doch so gut sein und dafür sorgen, daß man die Vorräte im Kühlschrank ergänze, ich würde doch wohl morgen früh abgelöst, durch Tony? Aber wir werden uns schon auch vertragen, was? Als die Eisentür zuschnappte, tastete ich mich hin und verriegelte sie; so bald würde er ja nicht wiederkommen. Ich lag dann wach auf der Pritsche, ab und zu bewegte ich mich, um die Federn quietschen zu hören. Selbst die Stille war nicht wirklich lautlos; wenn ich anfing zu lauschen, entdeckte ich mannigfache Geräusche, und ich wußte oft nicht, ob sie innerhalb oder außerhalb meiner selbst sich ereigneten. Meinen Puls konnte ich kaum registrieren, auch der Atem schien stillzustehen. Hillary hatte von Telefonen gesprochen, die in gewissen Abständen in Wandnischen angebracht seien, draußen im Röhrengang. Ob ich damit eine Verbindung mit Hazels Apartment zustande brachte? Ich mußte es versuchen, sobald es wieder hell wurde hier drunten.

Was soll jetzt werden, hab ich mir wohl überlegt; auch in Chicago, wenn wir zurückkehrten, konnte es nicht mehr so weiterlaufen wie bisher, mit meinem Leben, das jetzt ein Leben mit Eve war. Ich dachte wieder an *Moville*, an alles, was

Eve mir erzählt hatte, was sie von Emerson anläßlich einer seiner Vorträge darüber gehört hatte, Moville, verlockende Vision, die, wie es heißt, in die Realität umgesetzt wurde, von einigen Amerikanern und einem australischen Ehepaar, Moville, Eve hatte mich sofort angesteckt mit ihrer Begeisterung, selbst mich, der ich mich für kaum noch etwas begeistern konnte. Wir wären wohl sofort hingefahren und hätten uns am Aufbau dieser Siedlung beteiligt, in der die Erkenntnisse von Naturvölkern, insbesondere der Indianer Nordamerikas, und die brauchbaren natur- und menschenfreundlichen Kenntnisse und Einsichten der Gegenwart gleichermaßen angewendet werden sollten, der Haken dabei war, daß die Ansiedlung (die keine allzugroße werden sollte, hingegen könnten, wenn sich der Versuch bewähre, mehrere solcher Siedlungen gegründet werden), sich am anderen Ende der Welt befand. Auch hatten wir beide keine Berufsausbildung, die uns instand gesetzt hätte, einen tatsächlich nützlichen Beitrag zum Entstehen und zum Aufbau dieser Siedlung zu leisten. Ich konnte nicht tischlern, hatte keine Ahnung vom Handwerk eines Maurers oder Landwirts, wußte wenig über Maschinen. Und Maschinen, die weder das Zusammenleben der Einwohner beeinträchtigten, noch in irgendeiner anderen Weise sich als zerstörerisch erwiesen (so Emerson), würden auch in Moville eingesetzt werden. Eve und ich, wir würden höchstens Handlangerdienste verrichten können, außer dem Willen, zu lernen und dieser der Verwirklichung zustrebenden Utopie zu dienen, hätten wir nichts anzubieten. Auch war ich vielstündige Arbeit nicht gewohnt, körperliche Arbeit, von der war die Rede, wenn Eve Emersons Ausführungen über Moville wiedergab. Alle Gedanken um Moville waren utopische Gedanken, denn dieser Ort schien uns unerreichbar

fern. Und als es sich dann in Detroit zu regen begann, richteten wir unsere Sehnsüchte dorthin, irgend etwas wollten, mußten wir tun.
Beinahe hätte nichts mehr mich aus meiner Apathie herausreißen können, vor zwei Jahren, und viele, ebenso abgestumpft, nahmen ein Gewehr und feuerten vom Fenster aus auf vorbeifahrende Autos, egal, was daraufhin mit ihnen geschah; das Erlebnis dann, daß sich zum ersten Mal in ihrem Leben jemand für sie interessierte, sie wichtig nahm, war imstande, sie zu *erwecken*. Einen solchen Grad der Verzweiflung hatte ich noch nicht erreicht, auch hätte ich den Lauf eher auf mich selbst gerichtet.

Moville, war das nicht alles schon dagewesen, dachte ich auch, damals, gescheitert, was war aus den Gemeinschaften der Mormonen geworden, der Quäker, dem Ashram der Großen Mutter, irgendwo im Westen Indiens, aus all denen, die guten, meistens besten Willens ausgezogen waren, um eine neue Lebensart, eine Art Eden zu initiieren?

Wie lang bin ich im Tunnel gewesen? Vielleicht hat Eve die Tage und Nächte gezählt, ich weiß nicht mehr, ob wir darüber geredet haben, als wir uns wieder gefunden hatten. Der Kühlschrank war leer, jedesmal wenn ich mich auf die Liege warf, hoffte ich, daß mir beim Erwachen das Licht ins Gesicht scheine, andererseits hatte ich so oft an den Lichtschaltern gedrückt, daß ich nicht mehr wußte, ob sie aus- oder eingeschaltet waren. Sobald es wieder hell sein würde, wollte ich hinüber nach Windsor, durch den Röhrengang. Durst und Hunger fingen an mich zu quälen. Mike Bender, im EDV-Center der Uni, der von jedem Hamburger nur ein- oder zweimal abbiß, um ihn dann in den Papierkorb zu werfen. Er wolle sich nicht allzu sehr mit Pestiziden vergiften, pflegte er zu sagen, aber er könne nicht den ganzen Tag ohne einen Bissen sein. Er soll ein hervorragender Koch gewesen sein … Hätte ich jetzt bloß so einen halben Hamburger, dachte ich.

Die zeitliche Orientierung hatte ich völlig verloren, die örtliche gewann ich von Mal zu Mal besser zurück, ich tastete im Kontrollraum die Wände und das Pult mit Händen und Fingern ab, maß den Raum mit meinen Schritten aus; schließlich bewegte ich mich in beiden Räumen mit großer Sicherheit, und ich fand jedesmal rasch die Türen zu den Gängen, die ich manchmal vorsichtig öffnete, um hinauszulauschen. Mit Hillary hatte ich ein Klopfzeichen vereinbart, ich fühlte mich sicherer, wenn auch die Eisentür zum Röhrengang verriegelt blieb. Schließlich dachte ich daran, mich im Dunklen den Röhrengang entlangzutasten bis zur kanadischen Seite, tastend und lauschend würde ich den Weg wohl finden …

9

Die Doctora ist tot, heute Nacht gestorben. In der Früh, ich saß schreibend auf meiner Liege, wollte den Detroit-Abschnitt beenden, stürzte Helen herein, aufgelöst wimmernd, ich hörte sie draußen schon meinen Namen rufen, legte die Pappunterlage mit den beschriebenen Blättern weg, stand auf, da kam sie schon, im klaffenden Bademantel: Meine Mutter, schnell, komm! Ich glaub, sie lebt nicht mehr!
Sie zog mich an der Hand hinüber in die Hütte, wir hoben die Alte, die im Nachthemd am Boden lag, in ihr Bett, kein Zweifel, sie war gestorben, in den letzten zwei Tagen hatte sie über Herzkrämpfe geklagt, die ständigen, heftigen Winde und Stürme …
Schon vor Monaten hatte sie eine Herzattacke gehabt, war zwei Tage liegen geblieben, ich hatte geahnt, daß etwas mit ihr geschehen war, als ich sie in der Früh, beim Aufwachen, nicht wie sonst nebenan in der Küche hantieren hörte, hinter der dünnen Holzwand am Kopfende meines Bettes, und ich hatte die Luft angehalten und gleich das Schlimmste befürchtet, mir überlegt, was nun mit mir geschehen solle, ob ich weiter hier wohnen bleiben könne, was ich mit ihrer Leiche anstellen solle, ob ich sie einfach eingraben dürfe, ohne daß ein Arzt sie gesehen habe, aber der nächste war acht Autostunden entfernt. Dachte daran, zu den Pintubis zu fahren, sie zu benachrichtigen … Ich lag lauschend im Bett, schließlich stand ich auf, klopfte an ihre Tür und hätte beinahe vor Freude zu weinen begonnen, als ich sie leise rufen hörte.
Nun sitze ich wieder in meinem Kämmerchen, an dem

Tisch, den ich gezimmert habe. Eve hält Wache bei der Mutter, wir haben sie drüben im Verschlag aufgebahrt, nachdem Helen mit dem Funkgerät den Arzt in Papunja verständigt hatte. Er riet, sie sogleich zu begraben. Draußen, gegen Westen, ziehen bauschige blutrote Wolkenteppiche dahin, am Horizont ein Streifen satten Gelbs, das Fenster ist geöffnet, kein Laut dringt herein. Ich werde nachts drüben Wache halten, morgen werden wir sie begraben, ich hoffe, wir finden eine Stelle in der Nähe des Hauses, wo sich eine Grube ausschaufeln läßt.
Etwas geht zu Ende, wie damals im Windsor Tunnel, und wieder einmal weiß ich nicht, wie es weitergehen soll.

Heftiges Pochen hat mich geweckt, im Kontrollraum brannte Licht, ich wollte von der Pritsche springen, aber mir schwindelte, als ich mich erhob, alles drehte sich, ich ließ mich wieder aufs Lager fallen, die Schläge kamen vom Tunnel her; als ich mich dann auf den Beinen halten konnte und am Türstock stützte, sah ich – das Pochen hatte aufgehört – am Monitor, daß eine Panzerkolonne durch den Tunnel fuhr. In dem Spiegel über dem kleinen Waschbecken sah ich mich, voller Bartstoppeln, eingefallene Wangen, jetzt spürte ich auch, daß der Boden bebte, ich suchte den Kontrollraum nach etwas Eßbarem ab, bildete mir ein, ich hätte irgendwo eine halbe Tafel Schokolade liegen sehen, aber eigentlich hätte ich sie dann ertasten müssen, jeden Fingerbreit drinnen hatte ich ja abgesucht, eine fürchterliche Explosion schreckte mich hoch, Rauch drang herein, die Eisentüre hatte ein qualmendes Loch, sie erzitterte unter den Schlägen, die jetzt wieder gegen sie geführt wurden, noch hielt das Schloß, ich öffnete den Riegel zum Röhrengang, endlos zogen sich die Röhren und Kabel dahin, auf den Monitoren erschienen nun Militärlaster, ich nahm den Eisenhocker und schmetterte ihn gegen die Bildschirme, und noch einmal gegen die Schalter und Schieberegler des Pultes, es zischte und qualmte. Im Kontrollraum konnte ich kaum noch atmen, ich machte mich davon, hinaus in den Röhrengang, leicht gebückt, mit hämmerndem Puls, das Licht gleißte unerträglich, eine neuerliche Detonation hörte ich und roch jetzt einen vertrauten Geruch, die Auspuffgase der Lastwagen wurden anscheinend mittels irgendeines Ventilators in den Gang hereingeblasen, lange hatte ich diesen galligen Geschmack nicht mehr geschmeckt, ich drehte mich um, die Eisentür war kaum noch zu erkennen, ich stützte mich ab an der dunkelroten Röhre ... Als ich mich nach einer Weile umwandte, wurde mir wieder schwindlig, alles sah gleich aus, vorne und hinten, beinahe zweifelte ich jetzt, woher ich gekommen war, aber da war die Röhre rechterhand, und dorthin mußte ich mich schleppen, immer weiter.

10

Worauf hatten wir uns eingelassen, Eve, aufs neue eingelassen, nach der gescheiterten Detroiter Mission? Jedenfalls, das wurde uns bewußt, während des endlosen Fluges in dem überfüllten Jumbojet, gab es keine Umkehr mehr für uns, wir hatten beide noch gerade soviel Geld, daß wir in den nächsten Wochen in Moville der dortigen Gemeinschaft nicht zur Last zu fallen brauchten; all unser Hab und Gut hatten wir verkauft (der großzügige Tom!), und alles, was wir behielten, trug ich in meinem Seesack mit mir. Eve hatte Nelly und Cora bei ihren Eltern in Milwaukee gelassen. Fühlten wir uns nicht, während wir im Transitraum von Jakarta, dem letzten Zwischenstop, zwei Stunden lang die Glieder dehnten und uns unentwegt den klebrigen Schweiß abwischten, wie kurz vor dem Eintritt in ein Kloster? Wir hatten gehört, daß wir uns zunächst für drei Jahre würden verpflichten müssen; diese Maßnahme solle dazu dienen, wankelmütige, bloß neugierige Anwärter von vorneherein abzuschrecken. Dort im Transitsaal machten wir uns ein Spiel daraus, vor den Plastik-Stuhlreihen auf und ab zu gehen und Hunderte von Mitpassagiere daraufhin zu mustern, ob einige von ihnen möglicherweise dasselbe Reiseziel hatten wie wir. Auf dem weiten asphaltierten Vorplatz draußen hinter den Glasscheiben sahen wir riesige Abfall-Metallcontainer, angefüllt mit elektronischem Spielzeug, und Mini-Stereo-Geräten. Wir hatten noch sechs Stunden bis Melbourne. Bis wir dann Alice Springs erreichten, von wo alle zwei oder drei Tage ein Bus der Gemeinschaft nach Moville fuhr, würde es später Abend werden. Ich bewunderte Eves Durchhaltevermögen, immer wenn ich sie prüfend auf das Ausmaß ihrer Erschöpfung hin ansah, lächelte sie mir bestärkend zu. Jetzt, da ich dies schreibe, wird mir bewußt, daß sie bald einundzwanzig Jahre alt sein wird, eine junge Frau mit breiten Hüften, gleichzeitig habe ich keine Hoffnung mehr, ihr wieder zu begegnen, denn wenn sie es wollte, hätte sie mir wohl ein Lebenszeichen zukommen lassen. Noch im Herbst dachte ich, sie lebt bereits in der Gemeinschaft, wartet auf mich, oder: Das Leben dort ist so völlig anders geartet, außerhalb meines und Eves Vorstellungsvermögens, daß ich jenseits ihrer Gedankensphäre geraten bin. Ihre letzte Lebensäußerung, die ich wahrnahm, an die ich mich erinnere, war der Schrei, den sie hinter mir ausstieß, als ich als erster die Gangway betrat, hinaufstieg und – nach fünf oder sechs Stufen ungefähr –, von einem plötzlichen Drehschwindel erfaßt, stolperte und hinunter stürzte, und sie beinah mitgerissen hätte.

Die Regenzeit geht zu Ende. Helen will noch eine Weile hier in Goosenegg bleiben. Demnächst wollen wir nach Papunja fahren, um einige Lebensmittel einzukaufen. Wir kommen jetzt besser miteinander aus; seit sie sich selbst nicht mehr so übertrieben wichtig nimmt, bin ich imstande, ihre Kochkünste, ihre ordnende Hand im Haus zu loben, sie wehrt dann errötend ab, und mir ist, als lernte ich eine ganz andere Frau kennen, und ich denke, in jedem Menschen sind viele Möglichkeiten angelegt, es kommt nur darauf an, welche davon wir ansprechen.

Sieben Monate ist es her, daß meine beiden Schienbeine, der linke Oberschenkel und der linke Ellbogen mit Silberstiften genagelt wurden, seit ich, was mich viel mehr marterte, Eve verlor. Alle Schwestern auf der Station nervte ich bald mit meiner täglichen Fragerei nach Eve, nach Post von ihr, keine von ihnen, auch nicht die Ärzte, die ich befragte, hatten je etwas von einem Ort namens Moville gehört. Nach sieben Wochen, als ich anfing, mit Hilfe der Krücken das Gehen wieder zu erlernen, zuerst in den langen Gängen, humpelte ich jeden Vormittag zum Lift, fuhr hinunter ins Erdgeschoß und trieb mich beim Eingang herum, fragte Miß Thelma nach Post, beschrieb ihr Eve wieder und wieder, setzte mich in einen der Fauteuils und blickte hinaus auf die violetten Gebirgszüge im Osten, hinter denen irgendwo, etwa zwei- bis dreihundert Meilen entfernt, die Ansiedlung lag, die auf keiner der Landkarten, die ich studierte, verzeichnet war, deren Name in keinem Telefonbuch oder Ortsverzeichnis aufschien. Meinen Unfall, dieses Mißgeschick, sah ich als eine Prüfung an, mir vom Meister von Moville auferlegt, um mich zu erproben, allenfalls warteten noch mehrere solcher Hindernisse auf mich, aber, und das wußte der Meister vielleicht nicht, ich hatte keine Wahl, ich konnte nicht mehr zurück. Eve wartete auf mich (so sagte ich mir), ich würde nach Moville gelangen, mochte mir das Schicksal noch so viele Hürden auferlegen. Manchmal dachte ich, diese zehn- bis zwölfwöchige Wartezeit gehöre schon zu einer Art Aufnahmeritual, aber Eve war nicht gründlicher vorbereitet gewesen auf das Leben in der Gemeinschaft, warum war nicht auch ihr eine solche Prüfungs- oder Wartezeit verordnet worden? Ich mochte nicht daran denken, daß sie gleichfalls durch irgendein unvorhergesehenes Ereignis hier festgehalten wurde, auf eine Weise, die es ihr unmöglich machte, mir eine Nachricht zukommen zu lassen. Sobald ich aus dem Krankenhaus entlassen war, würde ich die ganze Stadt durchstreifen, irgendwo und irgendwie mußte ich eine Spur entdecken, vor allem die Transferbusse der *Moville-Brotherhood* waren ein Anhaltspunkt. Am Flughafen, wo ich mehrmals angerufen hatte, wollten sie von diesen Bussen, die jeden dritten Tag auf dem Parkplatz auf Neuankömmlinge warten sollten, nichts wissen. Sowie ich ohne Krücken gehen konnte, wollte ich zum Flughafen fahren und mich nicht eher von dort wegrühren, bis ich den Bus gefunden hatte. Inzwischen wußten alle Schwestern im Krankenhaus von meiner verzweifelten Suche nach Eve, sie pflegten mich zu foppen, wenn ich den Gang entlang humpelte und ihnen begegnete oder wenn ich in ihre Stationszimmer hineinschaute: *How is Eve doing? … Has she finally come to see you?* – umsomehr, als es eine hübsche, etwas pummelige Anästhesieschwester namens Eve auf der Etage gab, ein Halbblut; angeblich überwies sie den größten Teil ihres Einkommens an eine religiöse Gemeinschaft. Jedesmal, wenn ich ihr begegnete, lächelte ich ihr grüßend zu, es tat mir leid, daß sie meinetwegen von den Kolleginnen gehänselt wurde. Sie schlug dann die Augen nieder, ihr Mund deutete ein Lächeln an, während ich meinen Blick nur schwer von ihren Brüsten unter dem aufgeknöpften Kittel lösen konnte. Doktor Wallaby, der Chirurg, den ich zunächst nicht ernst nahm, er wirkte immer etwas albern und wichtigtuerisch auf mich, wies mich eines Tages auf die kleine Bibliothek im Lesesaal hin. Ich griff mir dort aus den Regalen wahllos einige Bände heraus. An einer Verszeile in einem Bändchen blieb mein Blick hängen:

The Soul selects her own Society
Then – shuts the Door …

Ich nahm den Band mit Gedichten der Emily Dickinson und setzte mich ans offene Fenster.

Bereared of all, I went abroad –
No less bereared was I
Upon a New Peninsula –
The Grave preceded me –

Wie lange war es her, daß ich ein Gedicht gelesen hatte? Für eine gute Stunde versenkte ich mich in diesen ungelesen aussehenden schmalen Band, und ich trennte mich nicht mehr von ihm. Im Vorwort las ich, daß die Dichterin sich mit dreißig Jahren völlig von der Außenwelt zurückgezogen, ihr Elternhaus und den Garten in Amherst/Massachusetts nicht verlassen habe, und vor mehr als hundert Jahren gestorben sei. Auch jetzt noch besitze ich diesen Gedichtband, als mein einziges Buch, ich ließ ihn mitgehen, hoffte, daß niemand ihn entbehren würde. Viele Verse konnte ich bald auswendig.

This is my letter to the World
That never wrote to Me – …

Woher nahm die Dichterin, die zwar mit *gebildeten Männern* korrespondiert haben soll, zwei unglückliche Lieben durchlebte, ihr Städtchen aber nie verlassen hatte, ihre erstaunlichen Erfahrungen?

Eine Woche vor meiner mutmaßlichen Entlassung – ich saß im Vestibül – fragte Miß Thelma mich nach meiner Sozialversicherungskennkarte. Sie hatte gerade die einzelnen Posten meiner Abrechnung auf dem Monitor, viertausendsechshundert Dollar, dazu kamen noch eine weitere Woche Aufenthalt, weitere Röntgenaufnahmen. Ich unterbrach sie, das Abkommen mit den Vereinigten Staaten nütze mir gar nichts, ich sei nicht versichert, hätte weder eine Kennkarte oder Kreditkarte, noch viertausend Dollar. Was nun? Sie wolle mit dem Direktor sprechen. Die paar Dollar, die sich in den Taschen meiner Hose befunden hatten, schluckte längst der Limonadenautomat am Gang oben. Mit der bissigen, hinter ihrem Desk am Empfang thronenden Miß Thelma, die von den Schwestern gefürchtet war – und ich hatte es sogar schon erlebt, daß sie einen Arzt anpfiff, der unvollständige Unterlagen zur Abrechnung einer Krankenakte geliefert hatte –, war eine Wandlung vorgegangen, zumindest in ihrem Verhalten mir gegenüber. Als ich die ersten Male in die Halle hinunterhumpelte, warf sie mir mißbilligende Blicke zu. Als ich sie bat, eins ihrer grünen Telefone benutzen zu dürfen, verwies sie mich schroff auf die Selbstwählkabinen, die es auf jeder Etage gab. Alles, was den geregelten Ablauf in ihrem Arbeitsbereich im geringsten zu stören schien, bedachte sie mit ihrem zurechtweisenden Blick. Langsam gewöhnte sie sich an meinen Anblick, jemand mochte ihr von mir erzählt haben, vielleicht Doktor Wallaby, ehe sie durch mich meine Geschichte erfuhr. Nach einem Monat lächelte sie mir zu, wenn ich mit den Krücken bei ihrem Counter vorbeischwang, möglich, daß ich mütterliche Instinkte in ihr geweckt hatte. Später erzählte mir Dr. Wallaby, daß Miß Thelma mit ihren sehr alten und sehr kranken Eltern zusammenwohne, sie pflege und versorge, daß sie etwas wie ein eigenes Leben nicht kenne. Eine Liebesbeziehung zu einem jungen Arzt, vor Jahren, sei wohl daran gescheitert, daß sie nicht bereit gewesen sei, ihre Eltern im Stich zu lassen. Sie mußte um die Fünfzig sein, aber wenn es mir gelang, ihr ein Lächeln zu entlocken, sah sie viel jünger aus. Manchmal schrieb ich Verszeilen von Emily Dickinson ab und legte sie ihr auf den Desk. Aus keiner Berechnung heraus suchte ich mir Miß Thelma geneigt zu machen – oder vielleicht doch? Der Zeitpunkt der Entlassung rückte näher, jeden Vormittag erhielt ich Unterwassermassagen, und im Gymnastiksaal bemühte ich mich mit vier anderen Männern zusammen, unter Anleitung einer Physiotherapeutin, die Gelenke beweglicher zu machen. Meine Aussichten waren trübe, die einzige Hoffnung war der Moville-Bus am Flughafen. Ich besaß keinen einzigen Dollar mehr, mein Paß, überhaupt alles, außer dem T-Shirt, den Jeans, den Socken und den Schuhen, befand sich im Seesack, der mit Eve verschollen war. Sobald ich gehen und das Hospital verlassen konnte, fragte ich im Post Office und bei American Express nach Briefen für mich; beide Male (da ich mich nicht ausweisen konnte) bedurfte es aller meiner Überredungskünste, daß die Sachbearbeiterinnen überhaupt in dem Fach nachsahen. Miß Thelma wurde meine Vertraute, ich erzählte ihr von Moville, erfand wohl auch, während ich redete, einiges hinzu, um sie davon zu überzeugen, daß ich diesen Ort erreichen mußte. Und tatsächlich glaubte sie sich zu erinnern, einmal etwas über Moville gelesen zu haben, und war überzeugt davon, daß Eve mich dort erwartete. Wahrscheinlich sei diese Ansiedlung so abgelegen, daß es ihr unmöglich sei, mir eine Nachricht zukommen zu lassen. Sie gab mir anhand einer Landkarte des *Northern Territory* einen Begriff von den unvorstellbaren Entfernungen in diesem Land. Der Bus nach Brisbane, wo ihre verheiratete Schwester wohne, brauche sechsundvierzig Stunden reine Fahrzeit, sogar mit dem Flugzeug sei man eine kleine Ewigkeit unterwegs.

Sicher verdankte ich Miß Thelma, daß man mich ohne großes Palaver gehen ließ, ich mußte lediglich einen Revers unterschreiben, worin ich mich verpflichtete, den Schuldbetrag von fast fünftausend Dollar innerhalb eines halben Jahres zu bezahlen. Als ich mich von ihr verabschiedete, überreichte sie mir einen Umschlag mit Geldnoten, den ich gerührt annahm, als sie mir sagte, eine der Schwestern habe hier im Haus eine Sammlung für mich durchgeführt. Ich versprach, sie zu besuchen oder ihr zu schreiben, sie auf dem Laufenden zu halten über meine Erlebnisse.

Nichts habe ich hören lassen. Als ich ungefähr nach zehn Tagen des Umherirrens – die fünfundsiebzig Dollar waren rasch aufgebraucht –, endlich der Doctora begegnete, hatte ich keine Gelegenheit mehr, mich von Miß Thelma zu verabschieden. Was hätte ich ihr auch berichten können? Daß ich weder eine Spur von Moville noch von Eve hatte finden können? Hätte sie nicht denken müssen, sie habe es möglicherweise mit einem zu tun, der bloß verrücktes Zeug daherfaselte?

Noville, Noville! Riefen die Reiseleiter der Ausflugsbusse mir am dritten oder vierten Tag zu, wenn sie mich sahen; die ganze Zeit nach der Entlassung aus dem Hospital hatte ich mich in der Halle des Flughafens, mehr noch bei dem Bus-Terminal, wo die Linienbusse nach Elliott, Tennant Creek, Harts und anderen Orten abfuhren, und auf dem Parkplatz, von wo die Exkursionen nach Ayers Rock, Harper Springs und Simson's Gap losgingen, herumgetrieben, und nach drei Tagen kannte mich jeder Buschauffeur und jeder Reiseleiter, und ich fragte keinen mehr nach dem Bus, hielt die Augen weiter offen, vielleicht kam er nur einmal in der Woche, einmal im Monat … Oder ich bin verarscht worden … Außer mir jedenfalls schien kein Mensch sich für dieses Reiseziel zu interessieren. Die paar Mädchen und Burschen, die danach aussahen, bestiegen einen Ausflugsbus oder den Citybus ins Zentrum. Auch wenn ich mir's jedesmal zweimal überlegte, ehe ich einen Dollar ausgab, und meine Nächte in leeren Krankenwagen und in nicht abgeschlossenen geparkten Bussen verbrachte (nach vier Tagen blieb ich im Bereich des Flughafens, um nicht unnütz Geld für Bustickets zu verschwenden), meine Dollarscheine wurden immer weniger. Obwohl der Winter noch nicht zu Ende war, hatte es untertags manchmal dreißig Grad Celsius, und ich soff Unmengen von Mineralwasser und Bier. Meine Hose und mein Hemd klebten an meiner Haut, die Haare waren sandig verfilzt. Nach ein paar Tagen kaufte ich mir in der Stadt billige Bluejeans und ein buntgemustertes Hemd und warf die alten Sachen weg. Am liebsten wäre ich unter der Klappe am Counter des Empfanges im Krankenhaus durchgeschlüpft und hätte mich bei Miß Thelma ausgeweint, aber das kam nicht infrage, sie glaubte an mich, sie glaubte sogar an Moville. Du mußt durchhalten, sagte ich mir, wenn ich unter der schattenspendenden verkümmerten, angestaubten Palme neben dem Bus-Terminal saß. Einmal stockte mein Puls, als ich ein Mädchen in Jeansrock und weißem T-Shirt, mit einem Rucksack auf dem Rücken aus dem Flughafengebäude kommen sah – ein paar Sekunden lang glaubte ich Eve zu sehen. Neben mir setzte sie ihre Last ab, fragte mich nach einer Zigarette und dem Bus zum Kings Canyon. Ich bedauerte und wies ihr den Weg zu den Ausflugsbussen.

Zwei Tage später, als ich bei Vaughan Springs, nach der zwölfstündigen Busfahrt und einem Fußmarsch von weiteren drei Stunden (weil ich den Werksbus versäumt hatte), die letzte steinige, mit Dornenbüschen bewachsene, niedrige Anhöhe querfeldein erklommen hatte und hineinblickte in das Talbecken von Swansea, dieser nur vereinzelt von Dornenbüschen und Sträuchern bewachsenen Steinwüste, flimmerte es mir vor den Augen, und ich hörte das Lachen Emersons in rhythmischen Schallwellen auf mich zukommen. Ich war ihm nie begegnet, hatte in Chicago nur seine Stimme aus dem Lautsprecher gehört, aber nun erfüllte er hier in dieser glühenden Geröllhölle die versengte Luft mit seinem Lachen. So weit mein Blick reichte, war nichts zu sehen von einem Baugelände, von Maschinen und Fahrzeugen, ich mußte mich verlaufen haben. Nicht einmal *dahin* finde ich, sagte ich mir sarkastisch, nicht einmal nach *Giant City*, zu diesem von den Chinesen und der australischen Regierung gemeinsam geplanten und begonnenen Projekt einer unterirdischen Millionenstadt. Was gab mir die Kraft, mich wieder zu erheben und zurückzugehen, Schritt für Schritt, zur staubigen Busstation, wo ich dann frierend auf der Bank zwischen den drei Betonplatten zusammengekauert die Nacht verbrachte? *Giant City*, das war ja wohl das Moville Emersons, soviel war mir klar geworden, in einer Zeitung hatte ich den Grundriß des Verkehrssystems gesehen, ein geometrisch gezirkeltes System von Autobahnen, Zu- und Abfahrten, Parkflächen ..., während alles, was nicht auf Rädern rollte, um die Bewegung nicht zu stören, in riesigen, wabenartigen Bauten unter der Erde lebte. Unzählige Lifte im Innern der mächtigen Stützpfeiler, auf denen die obere, die mobile Welt ruhte, sollten diese mit der Unterwelt verbinden.

Dieses Moville – mit den Vorbereitungsarbeiten war schon vor zwei Jahren begonnen worden – war kein Hirngespinst, das gab es, Arbeitskräfte wurden gesucht, täglich hatte ich am Flughafen Chinesen in ihren lustigen grünen Arbeitskluften ankommen sehen, mit der Maschine aus Darwin, sie fuhren dann in Bussen weiter nach Vaughan Springs, von wo die Werksbusse verkehrten. Auch ich hatte gehofft, dort ohne Papiere Arbeit zu finden, anfangs eine nicht allzuschwere Arbeit; die Bezahlung soll gut sein, hatte mir ein Chauffeur in der Flughafenkantine erzählt, ich gedachte so lange dort zu arbeiten, bis ich genug Geld auf der Seite hatte, um mir ein Ticket zurück nach Chicago kaufen zu können. Aber der fast dreistündige Marsch hatte mir klargemacht, daß ich im Frühjahr und im Sommer und auch im Herbst keinen achtstündigen Arbeitstag in diesem Gelände verkraftete, niemals würde ich mit den chinesischen oder den australischen, an dieses Klima gewöhnten *outback*-Arbeitern mithalten können. Mein Geld reichte nur noch für ein Ticket nach Hamilton Downs, von dort, so hoffte ich, nahm mich ein Auto mit nach Alice. Meine allerletzte Hoffnung blieb Miß Thelma. Ob es im Hospital irgendeine Arbeit für mich gab? Wie sehnte ich mich am nächsten Morgen, in der fürchterlichen Sonne, gegen die zu dieser Stunde das Vordach des Wartehäuschens nicht schützte, nach der Kühle des Krankenhauses. Ich würde sogar die Klos reinigen, sagte ich mir. Doktor Wallaby abgerechnet, sah ich nun zum ersten Mal, während ich auf den Bus zurück in Richtung Alice Springs wartete, zwei Nachfahren der Ureinwohner, einen alten Mann und einen etwa zehnjährigen Jungen. Ich rutschte auf der Bank ans andere Ende, aber der Alte setzte sich wie selbstverständlich auf die Erde, ohne mich zu beachten, er trug kurze Hosen, ein buntkariertes Hemd. Der braune Junge, dessen struppiges Haar so weiß war wie das des Alten, setzte sich draußen in den Schatten der Rückwand, wie ich bemerkte, als ich einmal aufstand und mir die Beine vertrat. Der barfüßige alte Mann mit der wie zusammengestaucht wirkenden breiten Nase eines Gorillas übte bald eine unerklärliche Anziehungskraft auf mich aus. Da er die Augen geschlossen hielt, konnte ich ihn anschauen, und was Dr. Wallaby mir von den Ureinwohnern erzählt hatte, von den Massakern der englischen Siedler bis zu ihrer vollständigen Vernichtung durch die moderne Zivilisation, all das schien in sein gegerbtes Gesicht eingezeichnet. Die Versuchung war groß, ihn anzusprechen, schon um mir die Zeit zu vertreiben, laut Fahrplan hatte ich noch drei Stunden hier zu warten, aber ich hielt mich zurück, der Alte schien zu dösen, zu träumen, sah nicht so aus, als wünschte er eine Unterhaltung. Übrigens schienen sie gar nicht auf den Bus zu warten, denn nachdem ich auf der Bank eingenickt war und mich nach einer Weile wieder aufrichtete, bemerkte ich, daß beide verschwunden waren.

Wohin der Bus mich brachte, wie lang ich dann noch die staubige Piste entlang latschte, wo mich die Doctora auflas, weiß ich nicht mehr. Wahrscheinlich hätte ich mich ohne sie an diesem Tag erschöpft irgendwo am Pistenrand in ein Dornengebüsch fallen lassen, ohne den Wunsch, noch einmal aufzuwachen. Mit geschlossenen Augen beschwor ich das Gesicht Eves herbei, stellte mir die Sommersprossen auf ihrem Näschen vor, die blaugrauen Augen, die dunkelblonden langen Haare, die ihr ins Gesicht hingen. Ich öffnete die Augen, schaute in die grelle Sonne, beim Schließen der Lider zerschmolz der violett-smaragdgrüne Klecks, dieses Spiel hatte ich oft gespielt, und jetzt war Eve bei mir, ihre kleinen, aber vollen Lippen, die im entspannten Zustand immer ein wenig schmollend wirkten, Eve, diesmal schien sie wirklich zu schmollen, als werfe sie mir vor, ich hätte sie im Stich gelassen, nicht gründlich genug nach ihr gesucht; wie gern hätte ich jetzt die Grübchen auf beiden Seiten ihres Kindermundes geküßt oder meine Hand unter ihr Hemd geschoben und auf ihre kegelige Brust gelegt. Was ging es mich an, daß da ein Wagen quietschend abbremste, der Wind trieb mir den aufgewirbelten Sand ins Gesicht, Eve kehrte sich weg, löste sich auf. Eine rauhe Hand drehte mein Gesicht herum. Eves Hände fühlten sich anders an, ich hatte Staub und Sand in den Augen, jemand redete zu mir, ich rollte mich benommen herum, auf die Knie, stützte mich mit den Händen auf dem Boden ab, rieb mir mit einer Hand die Augen, sah hoch: Die hagere Frau mit grauem Lockenkopf, kantigen Gesichtszügen, erschien mir wie ein gestrenger Engel, herabgesandt aus einem Himmel, in dem die sterblichen Seelen in einer Computerkartei registriert und kontrolliert werden. Aber dann, auf der Fahrt in südlicher Richtung, und erst recht im Simpson's Inn, wo wir unter schattigen Eukalyptusbäumen saßen und sie mir eine Cola und einen Hamburger bringen ließ, verwandelte sich das ziegenkopfartige, schmale Gesicht mit den tausend Runzeln durchaus in ein menschliches, wenn auch, aus der Nähe betrachtet, nur ihre grauen Locken sie dem weiblichen Geschlecht zuzuordnen schienen. Ich erfuhr, daß die *Doctora* (so nannten der Kellner und der Besitzer des Simpson's Inn sie), in einem Eingeborenenreservat lebe; Goosenegg heiße der Ort, von ihrem Mann so getauft vor dreißig Jahren, von hier aus ungefähr sieben Autostunden, am Rande der Gibson Wüste. Alle acht bis zehn Wochen fahre sie zum Einkaufen nach Alice, es sei dies eine Strapaze, die sie von Jahr zu Jahr weniger verkrafte. Zweimal sieben Stunden Fahrt, in zwei Tagen, auf Sand- und Geröllpisten … Vierundsiebzig

Jahre sei sie alt. Eines Tages, sagte sie, und brach den Satz ab. Ich erzählte ihr in groben Zügen, was mir in Alice Springs seit meiner Ankunft widerfahren war, legte die Münzen, die ich noch besaß, auf den gelben Plastiktisch, aber sie bestand darauf, daß ich ihr Gast sei. Selbstverständlich könne ich mit ihr nach Alice mitfahren. Und was ich dann vorhätte? Ich bot ihr an, wenn ich ihr helfen könne in der Stadt, beim Einkaufen und Aufladen, sie brauche es mir nur zu sagen. Ich wolle mich nicht aufdrängen … Sie winkte dem Kellner, wir müßten weiter, es werde später Nachmittag sein, wenn wir in Alice ankämen, und sie müsse noch heute einiges erledigen, für meine Hilfe wäre sie sehr dankbar, dann gehe es rascher, morgen vormittag fahre sie wieder zurück nach Goosenegg. Ob ich praktisch veranlagt sei? Die jungen Leute heutzutage seien so ungeschickt, verstünden es nicht, flink und überlegt zuzupacken, eine Arbeit anzugehen. Vor zehn Jahren noch sei sie immer erst am Abend zurückgefahren, um der Hitze des Tages auszuweichen, aber mittlerweile seien ihre Augen zu schwach, sie könne in der Dunkelheit trotz der Zusatzscheinwerfer zu wenig sehen. Einmal, vor Jahren, sei sie total von der Strecke abgekommen, ohne daß sie es gleich merkte, habe nicht mehr zurückgefunden auf die Piste, die Nacht frierend im Wagen verbringen müssen. Auf der Fahrt erzählte ich ihr meinen gestrigen Gewaltmarsch, wie ich dann auf dem Rückweg so erschöpft war, daß ich fürchtete, zu stolpern, zu fallen und mir die eben verheilten Knochen wiederum zu brechen. Ich hätte gehofft, in ein bis zwei Monaten soweit wiederhergestellt zu sein, um mich um eine Arbeit in *Giant City* bewerben zu können. Miß Thelma, meine geheime, letzte Hoffnung, erwähnte ich nicht. Die Doctora (sie fuhr sich wie ein Mann mit der Hand unter ihr Hemd, um sich zu kratzen) sagte (was ich erhofft hatte), sie könnte gut jemanden brauchen, Platz zum Schlafen sei vorhanden, zahlen könne sie nicht viel, sie benötige eine Hilfe im Haus und bei ihrer Arbeit (über die sie noch nichts hatte verlauten lassen), das Problem liege darin, daß ihr Haus sich im Gebiet des Reservats befinde und Zosimo, der Anführer der Pintubis, keine Weißen, überhaupt keine andersrassigen Leute auf seinem Gebiet dulde. Sie selbst habe seinerzeit ein halbes Jahr um eine Ausnahmegenehmigung gekämpft, wobei ihr zugute kam, daß ihr Mann, sie nannte den Namen Maurice Busch, vor Jahrzehnten in der Gegend von Goosenegg wissenschaftlich tätig gewesen sei; die Alten des Stammes hätten sich noch an ihn erinnert, ihn geschätzt, mittlerweile sei auch sie wohlgelitten. Sie habe nicht viel Kontakt mit den Pintubis, ihre Ansiedlung liege drei Autostunden von ihrem Haus entfernt, in der Richtung des Lake Mackay. Ich dachte, die Pintubis brauchen ja gar nicht zu wissen, daß ich ein paar Wochen bei ihr wohne, wie sollen sie es merken bei diesen räumlichen Entfernungen? Ich schob den Einkaufswagen für sie im Cooks Supermarket und im Central Store, ich blieb im Wagen sitzen, während sie die Apotheke aufsuchte, ich verdeckte mein Gesicht, als wir am Angel Woods Hospital vorbeifuhren, füllte an der Tankstelle ihre riesigen Reservekanister mit Treibstoff, kontrollierte Öl und Luftdruck und reinigte die Frontscheibe. Zum Schluß gab sie mir fünfzig Dollar, wünschte mir Glück, starrte eine Weile geradeaus durch die Windschutzscheibe (wir parkten vor der Einfahrt zum Oasis Motel am Stadtrand), reichte mir schließlich die Hand, wünschte mir noch einmal alles Gute. Den Namen Moville hatte auch sie noch niemals gehört oder gelesen. Hingegen wußte sie vom Projekt Giant City. Arbeiter vieler Nationen sollen dort beschäftigt sein. Sie hatte mir geraten, ich solle mir ein Busticket nach Melbourne oder Adelaide kaufen, mich dort an die amerikanische Botschaft wenden, die würden mir sicher weiterhelfen, auch was meine verlorengegangenen Papiere anlange. In einer Großstadt sei es sicherlich viel einfacher, irgendeine Arbeit zu finden. Im Flughafenbus sah ich wieder einen alten Eingeborenen, er glich dem, den ich am Vormittag an der Busstation gesehen hatte, zum Verwechseln, nur daß dieser eine ausgefranste graue Stoffhose und eine abgeschabte Lederjacke trug. Bis zum Dunkelwerden aß ich ein paar Hamburger, trank ein Bier, trieb mich am Busparkplatz herum, fand dann auch einen unverschlossenen Bus, auf dessen letzter Sitzreihe ich mich zusammenkauerte. Die Geldscheine in meiner Tasche beruhigten mich: das Leben ging also weiter. Ich träumte, daß ich mit der hageren Doctora zu ihrem Haus in einer Wüstengegend fuhr; als wir aus dem Jeep stiegen und auf die Haustür zugingen, öffnete diese sich von innen und Eve stand auf der Schwelle. Ich ging ungläubig auf sie zu – da erwachte ich unsanft, der Bus war losgefahren, der Fahrer hatte mich anscheinend nicht bemerkt. Die Fahrt ging in Richtung Stadt, ich duckte mich, wollte ohnehin zum Postamt, und dann ins Krankenhaus, zu Miß Thelma, so sparte ich einen Dollar. Wie spät mochte es sein? Die Sonne stand schon hoch am Himmel. Der Bus fuhr zum Oasis Motel, wendete dort, eine Reisegruppe stand vor dem Empfangsgebäude, Gepäckstücke. Ohne daß es jemandem auffiel, verließ ich den Bus durch die hintere Tür und sah den Wagen der alten Frau auf dem Parkplatz stehen. Ich schwang mich auf den Beifahrersitz, der Wagen stand im Schatten, nun konnte ich mich noch einmal von ihr verabschieden, und dachte an meinen Traum … Einige Zeit später fragte ich einen Mann, der daneben aus seinem Wagen stieg, wie spät es sei. Zehn. Wollte sie nicht heute morgen nur noch etwas auf dem Post Office erledigen und um neun Uhr heimfahren? Nachdem ich mich eine halbe Stunde später beim Empfang nach der Nummer ihres Bungalows erkundigt hatte, ging ich den mit bunten Steinplatten ausgelegten Weg unter den schattigen Eukalyptusbäumen entlang und suchte ihn. Eben als ich an dem Häuschen vorbeikam – alle trugen Frauennamen –, wurden die Läden aufgestoßen. Ich sah die Alte im blaßgrünen Morgenmantel, ohne Brille; sie erkannte mich nicht, als ich sie grüßte, sah verfallen aus, ich erschrak, rief ihr zu, ob sie Hilfe benötige. Mein rettender Engel, nannte sie mich, nachdem sie mich hineingebeten hatte. Sie habe nachts einen Herzanfall gehabt, könne wohl heute nicht zurückfahren, nein, ich könne nichts tun, sie habe ihre Herztropfen, es gehe ihr auch schon wieder besser. Ich erzählte ihr, wie ich, ohne es eigentlich zu wollen, wieder hierher gelangt sei. Da fragte sie mich, ob ich Auto fahren könne. Seit Jahren habe ich keinen Wagen mehr gelenkt, antwortete ich, aber das verlerne man ja nicht. Ob ich mit ihr käme, fuhr sie fort, sie nach Goosenegg fahre – allerdings sei das eine nicht zu unterschätzende Strapaze –, bei ihr bliebe, so lange ich wolle, vorausgesetzt, die Pintubis litten mich auf ihrem Territorium. Auf alle Fälle würde sie mich reichlich entschädigen und mir ein Ticket nach Melbourne verschaffen. »Schön, dann wollen wir bald losfahren, es ist schon spät«, und schickte mich zur Rezeption um ein Glas Wasser und ein paar Scheiben Zwieback.

Der Morlock ließ sich leicht bedienen, wir mußten nicht durch die Stadt, um auf die Landstraße Richtung Hamilton Downs zu kommen. Die Alte hatte sich ihren Sitz zurückgeschraubt, lag halb darin, mit einer Hand hielt sie sich ein mit einer Essenz getränktes Tüchlein unter die Nase. Als sie mich nach meinen Vorfahren befragte, erwiderte ich, sie stammten aus Österreich. Im Alter von fünf Jahren hätten meine sehr jungen Eltern mich zu einer entfernten Verwandten nach Columbus/Ohio gegeben. Ganz allein im Flugzeug hätte ich die weite Reise zurückgelegt, betreut vom Kabinenpersonal. Einige fragmentarische Erinnerungen an diese Reise seien noch in meinem Gedächtnis. Ich könne kein Wort Deutsch und hätte keinerlei Verbindung mehr zur Alten Welt.

Ihr Mann Maurice Busch (jedesmal sprach sie diesen Namen aus, als wäre ihr Träger eine Berühmtheit), sei Franzose gewesen, Archäologe, mit dreißig Jahren habe er seine Heimat verlassen – die Gründe habe er nicht einmal ihr, seiner Frau gesagt. Sie selbst sei griechischer Abstammung, Bibliothekarin, aber seit zwanzig Jahren im Ruhestand. In Hamilton Downs machten wir eine kurze Trinkpause. Die Alte nahm eine Landkarte aus dem Seitenfach der Tür und faltete sie auseinander. Insgeheim hatte ich gehofft, das Gebiet, in dem sie lebte, sei östlich von Alice, und ich könne dort etwas über Moville erfahren; immer noch hatte ich den Glauben an die Existenz dieses Ortes nicht völlig aufgegeben. Aber von Hamilton Downs ging es nun in westlicher Richtung voran, von Papunja weg war die Fahrstrecke auf der Karte nur noch in gestrichelter Linie eingezeichnet. Südwestlich des Lake Mackay (einem ausgetrockneten Salzsee), lag das Gebiet der Pintubi. Weiter ging es auf der meist schnurgeraden rotbraunen sandigen Piste – links und rechts, soweit der Blick reichte, die grünblonden Büschel von Savannengräsern, linkerhand die violetten, lang sich hinziehenden Höhenrücken der Macdonnell Ranges, über denen einzelne Wolkenränder flammenartig wegstrebten. Gottseidank bat mich die Doctora, die zusehends immer mehr verfiel und neben mir auf dem Beifahrersitz zusammengesunken war, ein wenig anzuhalten, nachdem sie mich kurz hinter einem mit Dornenbüschen übersäten kleinen, kegeligen Hügel hatte links abbiegen geheißen hatte (ohne ihren Hinweis hätte ich diesen schmalen, überwachsenen Weg gar nicht bemerkt). Ich selbst war schon seit einer Weile total erschöpft, meine Beine schmerzten und schienen taub, in meinem ausgedörrten Mund knirschten Sandkörner, meine Augen brannten. Ich ließ mir nun Wasser aus dem Tornister übers Gesicht laufen, spülte mir die Mundhöhle aus, trank, soff, ging ein paarmal um den Wagen herum, machte ein paar gymnastische Übungen, wie ich sie im Reha-Center des Hospitals gelernt hatte, und setzte mich unter das schützende Wagendach. Der Morlock schien zu glühen, obwohl die Sonne schon tief am Nachmittag stand und die schopfartigen hohen Grasbüschel mit tupfigen Schatten versah, die wie Markierungszeichen in den Fahrweg hereinragten. Die Alte neben mir, mit geschlossenen Augen leise dahinröchelnd, strömte einen säuerlichen Geruch aus. Ich hoffte, sie schlafe nicht ein, denn dann hätte uns bei der Heimfahrt die Dunkelheit überrascht. Nach einer halben Stunde aber etwa richtete sie sich auf, nickte mir beruhigend zu, benetzte wieder ihr Tüchlein mit der scharfriechenden Essenz, schob die Hand unter den Pullover, hielt sich den getränkten Bausch ans Herz. Sie sah es mir an, daß ich am Ende meiner Kräfte war. Das Geschaukel des Wagens wurde immer ärger, ich war auch nicht mehr imstande, mich auf die Piste zu konzentrieren, Mulden und Steinbrocken auszuweichen. Sie sagte, ich müsse ein paar Jahre hier leben, aber nicht von den Konserven aus dem Supermarkt wie sie selber – noch vor zwei Jahren aber habe sie auf dem Feld bei ihrer Hütte Mais, Hirse und verschiedene Gemüse angebaut –, sondern von unbelasteten Nahrungsmitteln, ich würde staunen, wie rasch ich zu Kräften kommen würde, ich sei noch so jung. Sie selbst, wäre nicht ihr Herzleiden, fühle sich jetzt hier draußen gesünder und kräftiger als vor zwanzig oder dreißig Jahren in Canberra. Morgen würden wir uns ausruhen, übermorgen zu den Pintubis fahren, sie wolle mit Zosimo reden, dem Chef der Ansiedlung. Ich war nicht einmal mehr imstande, ihr richtig zuzuhören, sie redete auch viel zu leise, ich vernahm bloß, daß Zosimo seine Jugend in Sydney verbracht habe, später wie viele *Aboriginals* dem Alkohol verfallen sei. Aus eigener Kraft sei es ihm gelungen, davon loszukommen. Wer von den Pintubis das Reservat verlasse, um in den Städten zu leben, erhalte niemals mehr einen Zugang in ihre Gemeinschaft. Für einen, der die moderne Welt kennenlernen wolle, gebe es kein Zurück mehr zum Stamm. Dabei lebten sie keineswegs isoliert von dem, was in der Welt vorgehe. Modernes Wissen, städtische Lebensart, das werde ihnen in ihren Schulen beigebracht, allerdings aus dem Blickwinkel ihrer uralten Kultur und Tradition heraus erklärt. Sie hätten sogar eine Art Museum in einem ihrer Dörfer, wo alle möglichen Geräte und Apparate ausgestellt seien; die unentbehrlichen Zauberkunststücke unserer Hochkultur, sagte die Doctora und wies auf zwei dunkelbraune Hasen, die auf der rechten Seite mit uns um die Wette zu laufen schienen. Ich fuhr den großräderigen Wagen schon lange nicht mehr, er fuhr mit uns, oder *es* fuhr ihn.

Ich hatte gedacht, einiges hast du schon getan in deinem Leben, jetzt wirst du noch Pfleger einer alten kranken Frau. Am nächsten Tag ging es ihr besser, sie fragte, wie ich mich fühle, und schlug vor, schon heute ins Dorf der Pintubis zu fahren. Wir hatten das Anwesen der Doctora in der Dämmerung erreicht, ich hatte kurz vorher noch einmal anhalten und mir den Pullover überziehen müssen, den ich mit einigen Hemden und Wäsche noch rasch vor der Abreise in Alice gekauft hatte, denn sobald die dunkelrote Sonnenscheibe sich zum Horizont niedersenkte, wurde es empfindlich kalt. Sie zeigte mir die Falltür zu ihrem selbstgegrabenen Keller, ich verstaute die Lebensmittel, währenddessen räumte sie mir eine Ecke in einem Zimmer frei und bereitete mir ein behelfsmäßiges Lager, auf das ich mich dann, ohne mich auszuziehen, sinken ließ. Die Alte, schon im Nachthemd, klopfte und kam noch einmal herein, brachte eine zweite Decke. Es könne recht kalt werden nachts. Es war der zehnte August. Ich träumte eine Menge wirres Zeug: Meine Beine waren wieder gebrochen, ich humpelte in einem Eingeborenendorf herum und suchte meine Krücken, die mir ein paar übermütige Kinder weggenommen hatten, während ich schlief. Als ich am nächsten Vormittag erwachte, hörte ich die Alte nebenan mit Geschirr hantieren. Die Matratze, auf der ich geschlafen hatte, lag an der Rückseite des kleinen Raumes. Ich erhob mich, ließ das Rollo an der rechten Wand hoch, das Fenster ging auf den durch ein Vordach beschatteten Abstellplatz für den Wagen hinaus. Ein Tisch, auf dem Zeichnungen und Notizen lagen, auch Zeitschriften wie *National Geographic*. An den Wänden lehnten Bildtafeln mit seltsamen abstrakten Gebilden. Dies war wohl ihr Arbeitszimmer. Hinter der linken Wand, in dem Zimmer, das wir durchquert hatten, um hier herein zu gelangen, schlief sie. Ich konnte mich an nichts mehr erinnern, es war dunkel gewesen, sie war mir mit einer Taschenlampe und einigen Decken und Leintüchern vorausgegangen.

Bald darauf klopfte sie und brachte mir eine Tasse heißen Tee. Wir könnten jederzeit essen. Das Frühstück sei eigentlich ihre Hauptmahlzeit, mittags esse sie kaum was, und am Abend noch weniger. Aber ich müsse ordentlich essen, ich sei jung. Sie zeigte mir den hölzernen Waschtrog hinter dem Haus und die Zisterne. Das Wasser sei das größte Problem hier. Momentan sei die Zisterne halbvoll, es habe ein wenig geregnet in den letzten Wochen. Trinkwasser kaufe sie in Alice. Die drei Kanister müßten wir noch aus dem Wagen holen und im Keller in den Kühlboxen verstauen. Ich sagte, ich benötigte kein warmes Wasser zum Waschen, und versprach, sparsam damit umzugehen. Manchmal, wenn ein Stammesangehöriger der Pintubis sie besuche, wisse der eine Stelle drüben beim ausgetrockneten Flußlauf, er bohre mit einem spitzen Stecken in die sandige Erde, manchmal kriege man (mit einem Schöpflöffel) nur einen Topf voll, doch zu gewissen Zeiten sprudle soviel hervor, daß sie mit dem Wagen hinfahre und die Kanister auffülle. Ihr selber sei es nie gelungen, die Stelle zu finden, sie verändere sich auch ständig durch Witterungseinflüsse.
Sie wolle sich noch eine Stunde hinlegen, sagte die Doctora nach dem Frühstück, dann könnten wir losfahren nach Calaboh. Ich sähe müde aus, ob ich es schaffte, fragte sie. Ich beteuerte, ich fühlte mich besser, und dachte, du wirst ja wohl noch mit einer alten Frau mithalten können, außerdem konnte ich mich bis zur Abfahrt noch ausruhen. Aber nun zeigte sie mir ihren Schuppen, wo allerlei Bretter, Pflöcke, entastete Stämme von jungen Bäumen und Sträuchern lagen, Spaten, Sägen und anderes Werkzeug. Ob ich imstande sei, zwei Trittbretter der Kellertreppe zu erneuern, es sei, wie ich wohl bemerkt hätte, schon gefährlich, hinunterzusteigen. Plötzlich haßte ich die Alte, und ich stellte mir

vor, daß sie tatsächlich die Treppe hinunterstürzte, in das niedrige Gewölbe, das sie selber angeblich in wochenlanger Arbeit gegraben hatte. Ich konnte es nicht leiden, Befehle zu empfangen; das erinnerte mich sofort an Donald Beagle, meinen Vorgesetzten im EDV-Center, der nur noch ein Viertel seines Magens hatte, mit seinen vierzig Jahren aussah wie ein Greis, aber es nicht lassen konnte, acht Stunden täglich allen Kollegen im Saal zu sagen, was sie zu tun und wie sie es zu tun hatten. Was hast du dir denn gedacht, was dich hier erwartet, sagte ich mir dann, verdien dir nur dein Ticket! Vielleicht leiden es die Pintubis nicht, daß du hier bleibst, dann wird es sowieso bloß ein kurzes Gastspiel. Ich freute mich auf die Begegnung mit den Uraustraliern, nein, *Australiern*, mit ihren so beredten Antlitzen (Doktor Wallaby hatte mir erklärt, nur sie dürften sich so bezeichnen, die anderen Bewohner seien Eindringlinge, Plünderer, Mörder, die nicht um Erlaubnis gefragt hätten, als sie die Küstenbereiche und später auch das Landesinnere dieses Kontinents betraten und in Besitz nahmen). Manche Australier seien erst vor vierzig oder fünfzig Jahren mit der modernen Zivilisation in Berührung gekommen. Diesen Zeitsprung von tausenden von Jahren hätten sie nicht verkraftet, sie endeten in Alkoholismus und Stumpfsinn. Innerhalb von Jahrzehnten sei diese großartige Kultur untergegangen. Die Überreste der Rasse vegetierten in den Reservaten dahin, es gebe dort fast nur noch alte Australier – vom Staat mit Konserven und Medikamenten versorgt –, die jungen verfielen der Anziehungskraft der großen Städte, deren Slum-Peripherien.

Die Doctora ließ es sich nicht nehmen, an diesem Tag selbst zu chauffieren, und ich bin trotz des Gerüttels – die Fahrt ging durch die Steinwüste, wenn es eine markierte Piste gab, dann konnte ich sie nicht wahrnehmen –, auf dem zurückgeklappten Sitz eingeschlafen. Als ich erwachte, fuhren wir wieder durch die eintönige Landschaft der Dornenbüsche, sie sah aus wie ein unendlich hingebreitetes unebenes gescheckte Fell eines Raubtiers.

»Gleich sind wir da«, sagte sie, und als ich die Augen öffnete, sah ich vor mir, noch zweihundert Yards entfernt, Autowracks. Meist ohne Räder standen sie verlassen auf der sandigen Erde, eines ohne Kühlerhaube, mit hochgeklapptem Kofferraumdeckel, Räder samt Reifen lagen herum; als wir näher kamen, bemerkte ich Reste von Kühlschränken, Staubsaugern, Fernsehern … Unnütze Status-Symbole? Denn daß es hier Generatoren geben könnte, erschien mir unwahrscheinlich. Wie eine Art Umfriedung lagen diese Zeugnisse der westlichen Kultur ums Dorf herum, die Hütten der Australier wurden jetzt zwischen schattenspendenden Sträuchern und Bäumen sichtbar. Die Alte bat mich, im Wagen zu warten. Als ich sagte, ich sei schon neugierig, den Häuptling zu sehen, erwiderte sie, Häuptling gebe es keinen, jedoch den Rat der Alten; Zosimo spreche etwas Englisch, deshalb sei er neben Basilj ihr Kontaktmann. Über meinen Verbleib im Reservat werde abgestimmt werden, aber sicher nicht heute. Ich solle den Wagen nicht verlassen. Ich erinnerte mich, wie sie gesagt hatte, im Umkreis von zweihundert Meilen seien es mehrere solcher Ansiedlungen, kein Dorf habe mehr Bewohner als achtundsiebzig, die wenigen Kinder eingeschlossen, aber das sei bloß theoretisch, in Callaboh lebten höchstens fünfunddreißig, meist alte Menschen, und in Amans, dem nächstgelegenen Nachbardorf, vielleicht fünfundzwanzig. Konnte jemand wie ich den Eingeborenen gefährlich werden? Wie ich an dem herumliegenden blechernen Trödel hier sah, hatten sie die Reise durch unsere Zivilisation und Kultur im Schnellverfahren absolviert. Sie hatten alles gefressen und wieder ausgeschieden, und das zwanzigste Jahrhundert hatte *sie* ausgespien. Obwohl der Morlock unter einem Baum abgestellt war, vermochte ich es vor Hitze nicht mehr auszuhalten in der offenen Fahrerkabine, ich saß schon mehr als eine halbe Stunde. Niemand war zu sehen. Mir schwindelte, ich stieg aus, stützte mich am Fahrerhäuschen ab, ging um den Wagen herum, setzte mich unter den Baum.

Ein Hund, ein weißer mit sandbraunem Kopf, hatte sich lautlos genähert, geduckt, unterwürfig verharrte er vor mir, ich streckte die Hand aus, er leckte sie, ich streichelte seinen Kopf, nun drängte er sich an mich, hechelte, legte sich zu mir, die Schnauze in den Sand schiebend. Hatten sie wegen mir den *Rat der Alten* eingeholt? Lächerlich! Dann kam endlich ein dunkelhäutiger Junge gelaufen, mit nichts am Leibe als einem rotschwarzen Tuch, um den Hals geknotet. Das Gesicht schien Reste einer Bemalung mit weißer Farbe aufzuweisen. Seine Zähne waren häßliche braune Stummel. Er winkte mir. Der Hund lief an meiner Seite, als wäre ich immer schon sein Herr gewesen. Am Dorfrand, vor seinem abenteuerlichen Zeltbau aus Wellblechteilen, zerfransten Decken und Kleidungsstücken, sah ich einen alten Eingeborenen, europäisch-zerlumpt gekleidet, einen schmuddeligen Hut in der Hand, das bärtigstruppige Gesicht gleichermaßen zum Fürchten wie zum Erbarmen. Seine Augen stierten ins Leere. Der Junge wirkte ungeduldig. Etwa in der Mitte des Dorfplatzes, um den sich die einfachen Holzhütten mit ihren Wellblech-Vordächern gruppierten, warf ein mächtiger Gummibaum ein großes Schattenrund auf die rötliche, festgestampfte Erde, und dort sah ich die Doctora mit zwei Eingeborenen hocken. Auf einem schattigen Fleck zwischen zwei Häuschen saßen fünf oder sechs fette, in bunte Fetzen gehüllte Frauen, eine kratzte mit einem riesigen Holzlöffel in einem Topf, zwei andere trugen Kopfhörer. Ich dachte an das wundervolle Gesicht des weißhaarigen Australiers, den ich vor zwei Tagen an der Busstation bei Vaughan Springs gesehen hatte, und kam mir jetzt reichlich erhaben vor, nichts als Geringschätzung fühlte ich für dieses Dorf und seine degenerierten Bewohner, und auch für die Doctora, die so ehrfürchtig von den Reservatbewohnern geredet hatte. Das einzige, wofür sie noch gut war: das Ticket. Rückte sie doch bald mit dem Scheck heraus! Was für eine Anmaßung, die Pintubis könnten mir die Aufenthaltserlaubnis für ihr Gebiet verweigern! Ich trat in das Schattenreich des Gummibaums. Der eine der beiden Pintubis hatte eine tiefschwarze Haut, die verfilzten rötlichen Haare standen in flammenartigen Büscheln von seinem Kopf weg, seine abweisende Miene erschreckte mich. Der andere reizte mich fast zum Lachen: Ein dürrer, hagerer, ebenfalls alter Mann, jedoch weißhaarig, weißbärtig, er trug einen Schlapphut und Brille, zeigte seine weißen Zähne und grinste beständig vor sich hin. Keiner von den beiden beachtete mich, nur die Doctora hatte mir kurz zugenickt, als ich näher getreten war. Leckt mich! dachte ich. Laß uns zurückfahren, es ist schon später Nachmittag! Schließlich setzte ich mich in einigem Abstand neben die Doctora und beschäftigte mich mit meinen Fingernägeln. Auch die Doctora schien nicht zu verstehen, was die beiden Männer redeten. Schließlich, wie auf ein geheimes Zeichen, erhoben sich alle drei, trotzig blieb ich sitzen (sie hatten mich weder aufgefordert, Platz zu nehmen, noch mich überhaupt beachtet), die Alte reichte den Männern die Hand, und ohne sich um mich zu kümmern, ging sie den Dorfplatz hinunter. Nun stand ich betont langsam und gelangweilt auf, wischte mir den Staub vom Hosenboden. Von einer der Hütten her tönte Schlagermusik. Ich trat aus dem Schatten, die beiden Pintubis standen links von mir, ich spürte ihre Blicke. »Hej!« rief der finster Blickende, und seine Handbewegung deutete ich als Aufforderung, mich ihm zu nähern. »Du kannst nicht hierbleiben.« Mir war nicht klar, meinte er, hier im Dorf oder überhaupt auf ihrem Gebiet. »Ich will gar nicht bleiben«, erwiderte ich, grüßte mit einer Handbewegung, drehte mich um, die Doctora hatte schon die Gebüsche am Dorfrand erreicht. Ich merkte, daß die beiden alten Pintubis mir folgten. »Kannst du umgehen mit Autos?« fragte der Hagere. »Come on!«, forderte er mich auf, meine Antwort nicht abwartend. Ich hatte mich ihm zugewandt. Er lächelte so einladend, daß ich ihm folgte. Die Alte soll sich gedulden, dachte ich, ich habe auch eine Stunde auf sie gewartet. Wenn ich dem witzigen Alten einen Gefallen tun konnte … »Ich heiße Basilj«, sagte er, streckte mir die Hand entgegen. Dann war der andere also Zosimo, den ich zu einer Hütte hatte gehen sehen. Ich hätte Basilj für den ehemaligen Alkoholiker, der in den Slums von Melbourne oder Sydney beinahe verkommen wäre, gehalten, nun war *er* also der Medizinmann der Gruppe, von dem die Doctora mir erzählt hatte. Er führte mich aus dem Dorf hinaus, entgegengesetzt der Richtung, aus der ich gekommen war, die Nachmittagssonne flammte mir ins Gesicht. Ob der Alte übersinnliche Fähigkeiten besaß? Er wäre mir auch in den Slumvierteln von Chicago nicht aufgefallen. Allerdings, seine Augen hatten jetzt, seit wir zu zweit waren, einen festen Blick, nicht mehr das erloschene Stieren, das ihn in Verbindung mit dem albernen Grinsen und Zähnezeigen wie einen Halbidioten hatte aussehen lassen. Vielleicht wollte er mir eine Komödie vorspielen. Vier oder fünf Autos, amerikanische und japanische Fabrikate, etwa zwanzig Jahre alte Modelle, standen kreuz und quer im Wüstensand, zwei davon sogar noch auf Rädern. Basilj deutete zu den Autos, als wollte er sagen: Suchen Sie sich eins aus. »Was kann ich für Sie tun?« fragte ich ihn. Er grinste mich an. Wir standen jetzt bei einem hechtgrauen Oldsmobile, an dem die verchromten Zierleisten herunterhingen. »How can I help?« fragte ich, »what's the problem?« Er schien ganz in sich versunken nachzudenken. Ich öffnete die Motorhaube, innen alles voll angewehtem Sand, der Wagen mußte schon Monate oder Jahre hier stehen. Glaubte dieser Idiot tatsächlich, daß der Wagen noch einmal zum Fahren gebracht werden konnte, ohne Werkstatt? Ich drückte die Haube zu: »Kaputt, nix fahren.« Zwei nackte Australier näherten sich, der eine schulterte ein Gewehr, der andere, ältere, trug ein erlegtes Tier – es sah aus wie ein Känguruh – auf dem Rücken. Gebannt beobachtete ich, wie sie auf uns zukamen. (So mochten sie schon vor tausend oder zehntausend Jahren, von der Jagd kommend, sich dem Lager genähert haben, allerdings verwendeten sie damals Speere.) In die Haare verknotet, hinter die Ohren und quer durch die Nasenscheidewand gesteckt, trugen sie dünne Büschel von frischen Grashalmen. Auf einmal hatte ich das Gefühl, selbst ein paar tausend Jahre zurückversetzt zu sein. Diese dunkelbraunen nackten Männer schienen direkt aus der Steinzeit zu kommen und nichts zu tun zu haben mit Figuren wie Zosimo oder diesem Basilj. Allzugerne hätte ich mich zu ihnen gesellt, sie berührt, auch wenn ich kein Wort mit ihnen reden konnte. »Ich muß jetzt gehen«, sagte ich zu Basilj, »die Doctora wartet auf mich.« Basilj legte mir seine Hand auf die Schulter: »Mister Nobody ...« Zu mir kommend merkte ich, es war die Doctora, die mich wachrüttelte, ich war unter dem Baum eingeduselt. Ein nackter Eingeborenenjunge setzte einen Jutesack neben dem Morlock nieder. »Kommen Sie, zurück dürfen Sie chauffieren.« Ich war benommen. Den Dingohund hatte ich wenigstens nicht geträumt, er schlief neben mir. Gähnend erhob ich mich, versuchte mich zu erinnern. Basilj, was hatte er mir sagen wollen? Ich stieg in den Wagen. Zosimo sei auf Besuch in einem Nachbardorf, sagte die Doctora, nur Basilj sei da gewesen. Mein Aufenthalt im Reservat werde schon in Ordnung gehen. Sie habe einige Nahrungsmittel bestellt, die könne ich nächste Woche abholen, allein. Bei der Gelegenheit solle ich mich Zosimo vorstellen.

An jenem Nachmittag, während wir zurückfuhren, die Strecke, die die Alte, wie sie sagte, früher mehrmals zu Fuß zurückgelegt hatte, erläuterte sie, die Autowracks, all das Gerümpel, welches wie ein äußerer Ring um die Ansiedlung gelegt war, diene bloß zur Tarnung, zur Abschreckung für durchreisende Ethnologen und neugierige Touristen. »Doch, mit ihren Range Rovers kommen sie sogar bis hierher manchmal, Großstädter ...« Früher hätten in notdürftigen Wellblechverschlägen an der Peripherie des Dorfes rettungslos dem Alkohol Verfallene dahinvegetiert, als zusätzliche Abwehr. Ich hatte wohl meine Enttäuschung ausgedrückt über den Anblick, der sich mir am Rande der Siedlung geboten hatte, daß die Verfallserscheinungen sogar schon bis hierher reichten. Und dachte, was wäre geschehen im Traum, hätte die Doctora mich ein paar Minuten länger träumen lassen? Plötzlich gab es nach langer Zeit wieder etwas, worauf ich mich freuen konnte. Hatte ich mir nicht früher, wenn ich in Zeitschriften über Forscher las, die eine Zeitlang mit Indios im Amazonasgebiet oder bei den Ureinwohnern Sumatras gelebt hatten, lebhaft gewünscht, ich könnte das auch tun; aber nur allzu rasch war mir bewußt geworden, daß dies bloß eine romantische Vorstellung war. Wäre ich denn auch bereit gewesen, mich von lebenden Maden, von Spinnen oder Schlangen zu ernähren, das Wasser aus irgendeinem verseuchten Tümpel zu trinken? Damit war es wohl nichts, aber allein der Gedanke, den Australiern ab und zu nahe zu kommen, belebte mich. Ein Volk ohne Zukunft hatte Dr. Wallaby sie genannt, und ich hatte mir damals gedacht, was soll's, auch wir Bewohner der sogenannten zivilisierten westlichen Welt sind ohne längerfristige Zukunftsaussichten, zumindest ohne solche, für die es sich freudig leben ließe. Nur die Begegnung mit Eve hatte mich aus der Lethargie herausgerissen, mit ihr schien mir *Zukunft* zum ersten Mal als eine mir offenstehende Sphäre. Mir, dem Autogegner, machte es Spaß, den Morlock auf der Sandpiste zu steuern, rundherum die unendliche Weite des Landes, alles in mir dehnte sich … Wie lange man zu Fuß zu wandern habe, von Goosenegg nach Callaboh, fragte ich die Alte, die mir gesagt hatte, sie habe diese Strecke schon ein paarmal durchmessen. Wenn ich einen flotten Marsch vorlegte, zehn Stunden täglich, schaffte ich es in zwei Tagen. Sie schien es als gegeben zu nehmen, daß ich es ernst meinte, fügte hinzu, ich brauchte einen großen Ranzen für Nahrung und Trinkwasser und eine Decke, um mich nachts darin einzuwickeln, sonst würde ich mich stocksteif frieren. Ob ich mich verirren könne? Sie habe einige Merkmale aus Steinen aufgetürmt, die werde sie mir zeigen, wenn wir die Stellen passierten.

Was hatte mein Traum damals, unter dem Eukalyptusbaum,

wirklich zu bedeuten? Wäre es kein Traum, sondern ein reales Ereignis gewesen, hätte ich es so gedeutet, daß Basilj mich mit den Zeugnissen der westlichen Zivilisation in Verbindung bringen wollte. Damit wäre ich für die Bewohner von Callaboh, insbesondere für die Kinder, auf der gleichen Stufe gestanden wie die dem Alkohol verfallenen Stammesbrüder, die ihnen als Warnung dienten. Ein solches abschreckendes Beispiel hätte ich abgegeben. So dachte ich, und vielleicht hätten sie mir auch jeden Abend etwas zu essen gebracht, ins Ausgestoßenenvordorf ... Es sei nicht gut, hatte die Doctora gesagt, wenn die Eingeborenen mit *zivilisierten* Menschen zusammenkämen, obwohl die Pintubis weitgehend dagegen gefeit seien – keinem christlichen Missionar würde es heutzutage noch gelingen, die überlieferten, wenn auch weit von der Überlieferung entfernten religiösen Vorstellungen der Reservatbewohner zu vertauschen gegen die stumpfsinnige Lebensweise seiner eigenen Welt. Die Australier hätten zumindest in diesem Gebiet hier ihr Selbstbewußtsein zurückgewonnen; ihre eigenen Maßstäbe verwendeten sie, um ihr Leben einzurichten. Die Quellen ihrer Kultur freilich seien wahrscheinlich für immer verschüttet worden. Ich dachte: Was taugt denn eine Kultur, wenn eine Begegnung mit einer anderen Lebensweise, und sei sie noch so verführerisch, ausreicht, um sie auszulöschen? Was wäre denn gewesen, wenn die Engländer, die vor ungefähr zweihundert Jahren hier landeten, und andere, die später kamen, nicht einfach ganze Landstriche in Besitz genommen, sondern mit den Eingeborenen verhandelt, sie um Land gebeten hätten – riesige Gebiete besten Landes waren unbewohnt, es war Platz genug für Kolonien –, ob es etwas genützt hätte, wenn statt Totschlägern und Plünderern friedliche, menschenfreundliche Siedler ohne Rassenvorur-

teile gekommen wären? Die Konfrontation mit der damals schon so fremden Lebensweise hätte sich nicht verhindern lassen.
Die Hälfte der Strecke nach Goosenegg waren wir zurückgefahren, als die Alte mich bat, bei einem Buschwerk anzuhalten. Bis hierher sei sie am ersten Tag immer gewandert. Im Schutz dieser Sträucher, der einzigen weit und breit, habe sie die Nächte verbracht. Lange vor Sonnenaufgang sei sie weitermarschiert und am Abend des zweiten Tages in Callaboh angelangt. Ich sagte, wenn ich mich etwas erholt hätte von dem Krankenhausaufenthalt, wenn meine Knochen noch etwas besser verheilt seien, wolle ich es einmal wagen. Sie hatte aus dem Dorf einen Sack mit Hirse mitgebracht, damit ich nicht die Konservenkost zu essen brauchte. Die Australier ernährten sich hauptsächlich von Mais und Hirse. Viele Jahre des Bewässerns und Rodens hätte es gedauert, bis die Pintubis in diesen öden Gegenden Ackerbau betreiben konnten. Ab und zu gingen die Männer auf die Jagd und erlegten einen Emu oder ein Känguruh, wie in alten Zeiten, doch schonten sie diese beinahe ausgestorbenen Tiere. Sie zeigte mir die Feuerstelle, die sie vor Jahren mit gesammelten Steinen gebaut hatte.
»Steigen wir wieder ein«, mahnte sie. Ich könne mir kaum eine Vorstellung machen, wie die Pintubis miteinander lebten, in ihren Siedlungen. Für sie sei es jedesmal aufs neue herzerfrischend, wenn sie Gelegenheit habe, mitzuerleben, wie sie miteinander umgingen, nie müde würden, sich mitzuteilen, zu unterhalten, sich gegenseitig zu helfen. Die Begegnungen mit den Pintubis seien das stärkste Erlebnis in ihrem Leben gewesen. Sie sei damals schon Mitte fünfzig gewesen, habe zumeist in großen Städten gelebt. Einmal, während einer Reise nach Darwin, vor vielen Jahren, habe

sie in einer Missionsstation, in der Nähe von Catherine, zum ersten Mal Eingeborene gesehen, die nicht in den Slums der Städte, sondern im *outback* lebten, also in einer ihnen gemäßen Umgebung. Der Anblick dieser heruntergekommenen Frauen, Kinder und Männer, die ihren Christusglauben mit sich herumtrugen wie ein kaputtes Transistorradio, habe sie zutiefst deprimiert. Sie wünsche es mir, daß ich die Pintubis von Callaboh kennenlernte. Sie würde es allen jungen Menschen wünschen. Aber das sei unmöglich. Selbst wenn wir mit den besten Absichten kämen, würden wir ... Weil wir nicht imstande seien, zu sehen, uns zu öffnen, weil wir zu keinem Austausch fähig seien, erschöpfe die Begegnung sich darin, daß wir alles abfotografierten, filmten, auf Tonband aufnähmen. Ihr Mann sei Wissenschaftler gewesen, er habe nach bestimmten Felsbildern der Australier gesucht, habe sie fotografiert, katalogisiert. Die Pintubis hätten Maurice Busch geschätzt, sein Name habe zu der Zeit, als sie hier zum ersten Mal mit ihm herumreiste, einen guten Klang gehabt, das habe ihr geholfen, hier seßhaft zu werden. Sie sei hergekommen mit der Absicht, seine Arbeit fortzuführen. Er habe einige tausend Seiten Manuskripte und eine unendliche Anzahl von Fotos und Zeichnungen hinterlassen, sei nicht mehr dazu gekommen, dieses Material in das dreibändige Werk zu verwandeln, das er geplant hatte. Erst hier, in Goosenegg, habe sie angefangen, die Schriften ihres Mannes zu lesen.
Während wir uns Goosenegg näherten, dachte ich: Hat die Alte den Hintergedanken, daß ich bei ihr bleibe?

11

Kurz danach nahm sie mich zum ersten Mal mit auf eine ihrer kleinen Expeditionen in die Gegend des Cherra Creek. Am Vorabend hatte sie mir auf der Wandkarte, die sie durch eigene Eintragungen ergänzt hatte, das Gebiet gezeigt, Orte, an denen sich ihr bekannte Felsbilder befanden, hatte sie mit roten Stecknadeln markiert, jene, an denen sie welche vermutete, mit blauen. Sie haben mittlerweile ein Gespür dafür entwickelt, unter welchen Felsüberhängen sich Gravierungen befänden (die meist schon so verwittert seien, daß ein ungeschultes Auge sie nicht wahrnähme). Früher habe sie Fahrten bis zu den glitzernden Salzflächen des Mackay unternommen. Bedingt durch ihre immer mehr zunehmende Gebrechlichkeit beschränke sie sich auf dieses Gebiet; sie zog mit dem Finger einen Kreis auf der Karte; obwohl sie nun schon seit mehr als zehn Jahren unterwegs sei, gebe es immer noch etwas zu entdecken. Im letzten Jahr habe sie kaum Fahrten unternommen, hauptsächlich an den Kopien gearbeitet, sie nach ihren Notizen vom Fundort coloriert. Alle die Felsbilder würden einst von den Pintubis neu übermalt werden, nach ihren Vorlagen. Sie ging mit mir ins Arbeitszimmer nebenan, öffnete die riesigen Mappen und zeigte mir, indem sie sie auseinanderfaltete, die bemalten, durchsichtigen Folien, mit deren Hilfe sie die Zeichnungen von den Originalen abpauste. Ich war sogleich gefangen von diesen seltsamen Gebilden und konnte mir vorstellen, daß ein Mensch sein Leben der Suche und Bewahrung solcher Zeugnisse einer verlorengegangenen Kultur widmete. Alle diese Zeichnungen, die mit einer genauen Lageskizze versehen waren, gingen bald an die Pintubis, sagte sie. Leider könnten selbst sie diese uralten Symbole und Bildergeschichten nicht mehr deuten … Möglicherweise gebe es doch noch Australier, die darin lesen könnten, aber davon ein andermal. Ursprünglich seien ihre Lebens- und Arbeitspläne hier andere gewesen. Wie sie bereits erwähnt habe, sei sie hergekommen, um das Buchprojekt ihres Mannes zu realisieren. Aus Liebe zu Maurice Busch habe sie es nicht getan. Ich müsse wissen, ihr Mann habe sie bereits nach anderthalb Jahren Ehe mehr oder weniger verlassen, sei nach Papunja, später nach Goosenegg gezogen (er habe vorher schon einen Band mit prähistorischen Felszeichnungen aus Nordwestaustralien publiziert), habe völlig für seine Forschungen gelebt, ein paar Mal im Jahr einen Brief geschrieben. Ich könne mir denken, daß es für eine junge hübsche Frau (in ihrem Alter dürfe sie das sagen) einen ziemlichen Schock bedeute, wenn ein Mann, anstatt mit ihr zu leben, lieber an den Rand der Wüste ziehe, um dort wissenschaftlich zu arbeiten. Sie sei damals siebenundzwanzig Jahre alt gewesen, und diese Erschütterung habe ihr Leben umgekrempelt. Sie sei wohl eine recht oberflächliche Person gewesen, umschwärmt von vielversprechenden jungen Männern; Sekretärin in der Nationalbibliothek von Canberra, habe sie sich doch nie für Bücher interessiert. Sie habe sich sofort in Maurice verliebt, den damals bereits bekannten Autor, der aber eher wie ein Schwimmweltmeister ausgesehen habe. Ob ich mir vorstellen könne, was es für eine junge Frau bedeute, wenn sie merke, daß ihr Geliebter sich mit ihr außerhalb des Bettes langweile und ihn schließlich nach anderthalb Jahren die beschwerliche Arbeit im *outback* mehr reizte? Unter dem Eindruck dieses Schocks habe sie, die früher nie las, die Bücher, in deren Umgebung sie ihre Tage verlebte, angefangen zu lesen ... Ihr Mann habe sie jahrelang nicht gefragt, ob sie mitkommen wolle. Nach seinem Tod habe sie seine Arbeit fortsetzen und beenden wollen, auch um zu erfahren, was es war, das ihn dermaßen gefesselt hatte. Eigentlich habe sie ihr Leben vertan; nur durch die Arbeit der letzten zehn Jahre sei es vielleicht nicht ganz sinnlos gewesen. Die beiden Kerzen auf dem Tisch waren völlig heruntergebrannt. Sie habe mir noch zeigen wollen, wie man einen Kompaß handhabt, aber nun wolle sie das auf ein andermal verschieben.

In der Frühe des nächsten Tages packten wir einige Bögen der Zeichenfolien, breite Klebestreifen, Proviant in den Wagen sowie einen Reservekanister mit Benzin. Die Alte dirigierte mich nach Leons Gape, südlich von Goosenegg, Richtung Lake Neale, sie machte mich aufmerksam auf Wegmarkierungen, die sie erstaunlicherweise noch im Kopf hatte, obwohl sie diese Strecke, wie sie sagte, seit zwei Jahren nicht mehr gefahren war, einzelne Bäume, Sträucher, Felsen hatte sie mit Namen versehen, einen knorrigen, unbestimmbaren, schräg aus dem Geröll wachsenden Baum nannte sie Viktor, die schotterige Rinne eines ausgetrockneten Flußlaufs Daisy, und ich war stolz, als ich dann am Abend, als wir zurückfuhren, die meisten Namen noch wußte, obwohl diese Naturdenkmäler von der Gegenseite oft ganz anders aussahen. Der Morlock sei ein notwendiges Übel in dieser Abgeschiedenheit. Die nächste Tankstelle sei in Papunja, fast zweihundert Meilen entfernt. Wenn sie noch jung wäre, wer weiß, wahrscheinlich würde sie auf einem Kamel reisen. Eine Fahrt nach Alice würde dann allerdings Tage dauern. Nach etwa zweieinhalb Stunden Fahrt erreichten wir eine schroffe felsige Erhebung, die ich schon von weitem wie ein Mahnmal in der gerölligen Ebene hatte aufragen sehen, deren Ausdehnung sich aber erst zeigte, als wir näher kamen. Ich ließ den Morlock im Schatten einiger Coolabäume stehen, am liebsten hätte ich mich jetzt auf der Erde ausgestreckt. Obwohl wir früh weggefahren waren, schien die Sonne das Dach des Wagens bereits zur Glut gebracht zu haben, die letzte halbe Stunde hatte ich mich wie in einem Backrohr gefühlt. Der Platz hieß Napa. Wie mir die Alte erklärte, sei es in Vorzeiten einmal ein Versammlungsplatz der Eingeborenen gewesen, ein heiliger Ort. Bis hierher reichten die Ausläufer der Gibsonwüste. Sicher habe es hier auch eine Wasserstelle gegeben; ein Kamel würde das Naß wittern. Sie reichte mir die Wasserflasche. Wir müßten die Stunde nutzen, noch liege der Überhang, unter dem die Felsgravierungen zu sehen seien, teilweise im Schatten. Nachmittags könne man dort nicht arbeiten. Wir packten die Geräte in den Aluminiumkoffer, ich schulterte die langen Rollen. Sie sei bereits mehrmals an diesem Platz gewesen; wie ich sehen werde, sei es aber ausgeschlossen, hier allein zu arbeiten, die Gravuren seien am Plafond des Felsüberhangs angebracht. Sie habe sie zwar abgezeichnet, aber vielleicht gelinge es uns heute, die Zeichnung in Originalgröße abzunehmen. Sehnsüchtig blickte ich zurück, als wir den schützenden Schatten verlassen hatten, aber nicht nur seinetwegen übte dieser Ort eine merkwürdige Anziehungskraft auf mich aus, ein Gefühl, als wäre ich in unvordenklichen Zeiten einmal schon hier gewesen. Wir gingen um die verwitterte Felsformation herum, stellenweise zog sich loses Geröll bis zur halben Höhe des ungefähr dreißig Yard hohen Felsrückens hinauf, auf der Rückseite wuchsen sogar einige grüne Sträucher. Ich solle achtgeben auf Schlangen, warnte mich die Doctora, sie habe vor Jahren hier eine

Todesotter gesehen. Sie griffen meistens nicht an, außer man erschrecke sie. Der Felsüberhang befand sich im Schatten. Hätte mich die Doctora nicht auf die Stelle aufmerksam gemacht, ich hätte die verwitterten Gravierungen nicht bemerkt. Ich mußte einige Felsplatten aufstapeln und darauf steigen, um mit meinen Händen die Decke des Überhanges zu erreichen und ihn mit der Lösung zu überpinseln, die die Konturen stärker hervortreten ließ. Auf der anderen Seite schichtete ich so viele Platten aufeinander, daß die Alte darauf stehen konnte, gemeinsam befestigten wir die Folie an dem Felsen, und sie begann mit dem Kopieren der fast erloschenen Gravuren, einigen eulenartigen Tieren und einer wie in Hampelmann-Stellung fliegenden weiblichen Gestalt mit spiralenförmiger Vulva; ihr Kopf wie einbandagiert, nur die Augenhöhlen hervorstechend. Maurice Busch habe sich eine eigene Theorie zur Entschlüsselung der Symbolsprache dieser Zeichnungen zurechtgelegt. Wie sie im Laufe der Zeit leider bemerkt habe, verfälschte er sogar einige Details solcher Zeichnungen an seinen Kopien, wenn sie nicht in seine Theorie paßten. Diese Entdeckung habe sie sehr geschmerzt. Wie sie aus seinen Aufzeichnungen ersehen habe, habe es ihn immer mehr verunsichert, daß er nicht imstande war, die Symbolsprache der Felsbilder zu entziffern, daß Vergleiche mit ähnlichen Darstellungen aus der abendländischen oder irgendeiner anderen überkommenen Tradition ihm nicht weiterhalfen. Vielleicht habe ihn die Einsicht, daß er vergeblich zwanzig Jahre lang etwas beweisen wollte, was nicht zu beweisen war, umgebracht. Dabei vermochten nicht einmal die Ältesten in Papunja diese Kultbilder ihrer Vorfahren zu deuten. Ratlos führen sie mit ihren Fingern den geheimnisvollen Linien nach, außerstande, ihre Bedeutung zu fassen, zu erahnen. Wie ihr Basilj einmal erklärt habe, hänge es zusammen mit der ebenfalls verlorengegangenen Gabe des Träumens. Wahrscheinlich seien alle diese Felsbilder in einem meditativ-traumhaften Zustand geschaffen worden. Träumen, in der Sprache der Australier, bedeute mehr, als wir darunter verstünden: Manchmal sei es ein halbbewußtes Dichten in Bildern, Symbolen, manchmal so etwas wie Hellsehen. Auch träten sie im Traum in Verbindung mit Verstorbenen, mit Göttern ... Sie sprach von den Mächten, die im Fels schlummerten und die durch Kräfte des Unbewußten aktiviert werden könnten ... Vor Jahren habe sie bei Papunja einen Corroboree miterlebt, eine mehrtägige Aufführung von Tänzen und Gesängen, schon damals mehr oder weniger heruntergekommen zu einer Veranstaltung für neugierige weiße Touristen, die in Autobussen aus Alice Springs angereist gekommen seien. Es gebe auf dem ganzen Kontinent wahrscheinlich nur noch einen einzigen Corroboree-Doctorman. (Diese Bezeichnung, aus den Reiseprospekten und aus der touristischen Literatur, sei von den Eingeborenen übernommen worden; sie ahmten das uralte Ritual dieses religiösen Festspiels nach, ohne seinen tieferen Sinn zu verstehen.) Den Führer eines solchen Corroborees müsse ich mir als eine Mischung von Schamane und Dichter vorstellen. Er sei imstande, in die Anderwelt zu gelangen, mit den Geistern der Vorfahren zu verkehren, er unternehme in seinen Träumen Reisen in ferne Länder, in diesen Träumen erfahre er auch die Verse zu seinen Gesängen. Solch ein Corroboree sei einmal im Jahr veranstaltet worden, und die Stammesangehörigen seien aus allen Himmelsrichtungen herbeigekommen, um teilzunehmen. Auf dem langen Weg zum Treffpunkt hätten sie Felsbilder aufgesucht, sie besungen, vermutlich zur Steigerung der Seelenkräfte vor der Teilnahme am Corroboree. Ich mußte bei der Arbeit, dem Andrücken der Folie auf das Gestein, immer wieder Pausen einlegen, die Arme fingen an, fühllos zu werden, und vom dauernden Hinaufschauen an die Decke des Überhangs wurde mir schwindlig. Ähnlich war es mir beim Ausmalen des Plafonds in meinem Apartment in Old Town ergangen. Vielleicht träumte ich auch dies alles, und Eve schüttelte mich bald wach?

Auf dem Rückweg zum Wagen entdeckte die Doctora auf einer verwitterten Felsnase, die aus dem Geröll herausragte, weitere Felszeichnungen, abstrakte, geometrische Zeichen, Spiralen, labyrinthhafte Muster. Die Oberfläche des Felsens wies tiefe Sprünge auf, Verwitterungen, die für sich wieder seltsame Ornamente bildeten. Ich bat sie, sie solle mich einen Versuch des Kopierens machen lassen, sie möge sich derweil im beschatteten Wagen ausruhen. Sie stimmte zu, ich müsse mich jedoch auf eine einzige Zeichnung beschränken, es sei schon spät. Tatsächlich stand die Sonne weit im Westen. Ich setzte mich auf den Leichtmetallkoffer und schaute das eulenartige Wesen an, es zeigte eine runde Vulva, wie ich sie bei Katzen manchmal gesehen hatte. Seine brillenartigen Augen schienen mich zu fixieren. Erschöpft geriet ich ins Dösen, ich verlor die Lust am Arbeiten, verschob mein Debüt auf ein anderes Mal. Eve – immer seltener ließ sich ihr Gesicht beschwören. Besser gelang mir die Vorstellung, wie wir beide auf meinem Bett in dem Apartment in der Locust Street lagen, vielleicht im März, zugedeckt in dem eiskalten Raum, Seite an Seite, meine Hand auf ihrem Rücken, ich spürte die feinen Härchen an der Stelle, wo ihr Gesäß sich aufwölbte. Die lustigen Füße der Eule sahen aus wie die von Pinguinen. Sogar eine weibliche Brust war angedeutet durch zwei Halbbögen mit zwei Punkten.

Woher die Eule? War sie nicht eine Bewohnerin der Wälder, die nachts auf Jagd ging? Hatte es in Zentralaustralien vor zehntausend Jahren eine üppigere Flora, ein anderes Klima gegeben? Ich schloß die Augen. Die Eule spannte ihre Flügel aus, flog mir an die Brust, krallte sich fest mit ihren Klauen – es war ein angenehmes Gefühl, nachdem der erste Schreck sich gelegt hatte, ein Gefühl, als kratzte sie mir eine juckende Stelle, noch war ich unschlüssig, was sie zu bedeuten habe, da merkte ich mit Grausen, wie sich der Kopf der Eule in den einer Kobra verwandelte, ich wehrte mit beiden Händen ab und öffnete die Augen. Brr! Jetzt reichte es mir. Ich mochte nicht einmal mehr die kaum noch wahrnehmbaren Linien des kreisförmigen Labyrinths mit dem Blick abtasten. Mir war nicht mehr wohl an dem Platz, ich stand auf, hob den Koffer auf die Schulter und ging zum Wagen. Als ich zehn Minuten gegangen war, hörte ich Motorengeräusch, die Alte kam mir entgegengefahren. Ich verschwieg ihr meine Halluzination, meine Beine schmerzten wieder, mir war, als spürte ich jede Bruchstelle einzeln, besonders die genagelten Knochen. Es sei sehr lieb gewesen von ihr, mich einen Versuch wagen zu lassen, sagte ich, aber keine Angst, ich hätte keinen der wertvollen Bögen verdorben. Je länger man hinschaue, desto mehr erkenne man Feinheiten, träten verwaschene Ritzungen hervor. Ich hätte etwas ganz anderes auf der Folie gehabt, als was auf dem Gestein abgebildet sei. Ich nähme an, es komme besonders auf die Nuancen an. Sie lobte mich. Dies sei die Ursache, daß sie immer noch am Werk sei. Ihre ersten Arbeiten wären zwar geeignet gewesen, um einen, sogar wissenschaftlich fundierten, Bildband zu schmücken und zu illustrieren, aber nicht, um sie einen Pintubi-Schamanen schauen zu lassen, nicht um durch sie den Einstieg in einen Ritualtraum zu finden. Ihre langjährige Arbeit sei nur deswegen nicht umsonst gewesen, weil sie das Handwerk, die Kunst erlernt habe, die Felsbilder so zu kopieren, daß die Pintubis früher oder später ihre uralte Tradition wiederentdecken könnten; vorausgesetzt, es finde sich ein Seher, der begabt sei, die Symbole zu erwecken.

Mitte September, der Winter war vorüber, tobten Staub- und Sandstürme ums Haus; während die Doctora an ihren Kopien arbeitete, ging ich in den Räumen der Hütte herum, verspachtelte mit einer rasch trocknenden Dichtungsmasse Fugen und Löcher, durch welche der Wind hereinblies. Ich hatte mich dazu aufgerafft, mir selber drinnen oder draußen ums Haus herum Arbeit zu suchen, ich wollte damit der Alten zuvorkommen, die es, so schien es mir in der ersten Zeit, nicht ertragen konnte, wenn ich untätig auf meiner Matratze lag und dahindöste. Obwohl sie sich nie als Herrin aufspielte, gab es Zeiten, da ich sie haßte, wenn sie, kaum hatte ich mich hingesetzt oder gelegt, hereinkam und sagte, dies oder das wäre noch zu tun, ob ich wohl so freundlich sei. So hatte ich einen Tag damit verbracht, die Senkgrube unter dem Abtritt hinter der Hütte zu leeren und den Mist auf den ungepflegten Beeten ihres früheren Gartens zu verteilen, damit er trocknete. Verschiedene Werkzeuge, Schaufeln, Spitzhacken, Sägen hatte ich im Schuppen gereinigt und, wo es nötig war, repariert, hatte kleine Reparaturen und Servicearbeiten am Wagen verrichtet, die Fensterläden frisch gestrichen und Teile der Dachpappe erneuert. Irgendwann merkte ich, daß diese Arbeiten auf mich eine heilsame Wirkung ausübten. Ich schlug einen Nagel in eines der von der Sonne im Lauf der Jahre aufgeworfenen Bretter der Außenwand und dachte dabei nicht an Moville oder an meine ungewisse Zukunft, ich wusch die Felgen des Morlock mit dem Schwamm und dem Abwaschwasser aus der Küche, und es gab für mich solange nichts auf der Welt als diese verdreckte Felge und den Schwamm, nichts auf dieser Erde war wichtiger als das Säubern dieser Felge, und als ich dies merkte, suchte ich mir selbst jeden Tag eine Beschäftigung, und die Alte schien es mit Befriedigung zu registrieren, sie ließ mich walten, fuhr dann, sobald die Stürme sich gelegt hatten, auch allein zu ihren Arbeitsstätten hinaus, und ich grub ihren ausgetrockneten kleinen Acker um, säte nach ihren Anweisungen Hirse und Mais. Irgendwann gab es nichts mehr zu tun, und ich begleitete sie wieder auf ihren Fahrten, alle drei oder vier Tage einmal fuhren wir los, ich steuerte den Wagen, war zu Kräften gekommen. Die Alte verfiel zusehends, die heftigen Winde hatten ihrem Herzen zugesetzt, manchmal stand sie erst gegen Mittag auf. Damals erzählte sie mir von ihrer Adoptivtochter Helen, die in der Pelzabteilung im größten Warenhaus Sydneys arbeite. Im Januar wolle sie hierher kommen, sie hätten sich seit drei Jahren nicht gesehen, hielten nur brieflich Verbindung über das Post Office in Alice.

Daß ich vier Monate später noch in Goosenegg sein und Helen kennenlernen würde, daran dachte ich wohl damals nicht. Immer stärker wurde meine Begierde, nach Callaboh zu kommen, den Pintubis zu begegnen, aber jedesmal, wenn ich die Doctora fragte, wann wir nach Callaboh führen – ursprünglich hatte es ja doch so ausgesehen, als dürfte ich keinen Tag auf diesem Territorium bleiben, ohne daß Zosimo mich gesehen und geprüft habe –, wich sie aus, der geeignete Zeitpunkt sei noch nicht gekommen, oder, sie fühle sich im Moment zu schwach für eine so weite Fahrt, und die frü-

here Unruhe bemächtigte sich wieder meiner, ich begann, die Umgebung zu erkunden, machte mehrstündige Wanderungen in nordwestlicher Richtung, wo jenseits des Wendekreises des Steinbocks Callaboh lag, ich konnte jetzt mit dem Kompaß umgehen, fühlte Kraft in meinen Gliedern, ich hatte den Eindruck, mich nie in meinem Leben gesünder gefühlt zu haben, spürte auch die Bruchstellen meiner Beinknochen kaum noch, kochte mir große Mengen von dem Hirsebrei, morgens und abends, und wenn die Alte unterwegs war, holte ich mir auch noch aus dem Keller eine Aprikosen- oder Ananasdose und löffelte sie aus. Ich dachte nicht mehr so oft an Eve. An was habe ich überhaupt gedacht, damals? Den Pintubis hatte ich begegnen wollen, meine Körperkräfte steigern (die Doctora hatte mir ein Foto von Maurice Busch gezeigt, Maurice in Badehose am Strand, als Muskelmann posierend, und ich wurde mir meiner schlaffen Arme und Beine bewußt), ich wollte imstande sein, den Viertagesmarsch nach Callaboh zu unternehmen.
Dachte ich auch an später, stellte ich mir eine Rückkehr in die Vereinigten Staaten vor? Ich weiß es nicht mehr. Am liebsten wäre ich allein in Goosenegg gewesen; solange Getreide im Keller war, konnte ich mich selber versorgen. Wenn die Doctora auf Fahrt war, ging ich im Haus herum, stellte mir vor, es sei meines, ich lebte hier mit Eve, wir zeugten Kinder, setzten selber den Grundstein zu einem Moville … Albernheiten! Hatten nicht manche Pioniere des *Wilden Westens* ähnliche Ideale gehabt, und was war daraus geworden: die großen Absterbenszentren, in denen sich zuletzt nur noch die Autos auf den Straßen und die Kugeln in den Gewehrläufen bewegten. Manchmal, wenn ich vor dem Einschlafen auf dem Rücken lag und lauschte (die Nächte waren jetzt nicht mehr so kalt, wir ließen die Fen-

ster offen), hatte ich Halluzinationen, hörte Motorenlärm, die Sirenen von Ambulanzwagen, Schüsse, Flugzeuggedröhn, damit waren meine Sinnesorgane ja mehr als zwanzig Jahre lang gespeist worden, all das hatte Spuren in den entsprechenden Partien des Gehirns hinterlassen. Hatte ich anfangs hier nachts überhaupt nichts wahrgenommen, registrierte ich später, als meine Ohren auch auf die feinen Reize reagierten, mannigfaltige Geräusche. In den Holzwänden knisterte es, auf dem Dach hüpfte ein verirrter Vogel umher, oder eine Beutelmaus, ich hörte es sogar, wenn ein Lüftchen zwischen die vergilbten Blätter des Coolabaumes fuhr, das lauteste Geräusch schien mir dann das Pochen meines Herzens. Wenn ich so da lag, stellte ich mir vor, ich machte mich auf den Weg nach Callaboh, die Pintubis, wenn sie sähen, welche Strapaze ich auf mich genommen hatte, würden mich gastfreundlich empfangen und bewirten … Vielleicht konnte ich ihnen in irgendeiner Hinsicht behilflich sein, und ich dachte nach und grübelte, in welcher, und mir wurde klar, ich besaß keinerlei Fähigkeiten, die ihnen nutzen konnten; zu irgendwelchen Handlangerdiensten brauchten sie keinen Fremden. Apparate seien nach auswärts gewandte, materialisierte Fähigkeiten des Menschen, die ursprünglich in ihm waren – dieses Wort, irgendwo einmal gelesen, fiel mir dazu ein. Ich hätte, in Melbourne oder einer anderen Stadt, nach einer gewissen Einarbeitungszeit, in irgendeiner Firma darangehen können, Computerprogramme zu erstellen.

Ende Oktober lag die Alte wieder danieder, sie spüre kaum noch einen Pulsschlag, kriege keine Luft, ich solle das Fenster ganz öffnen (obwohl es schon geöffnet war); ich saß bei ihr, tränkte ihr das Tuch mit Whisky, und sie klagte, am liebsten würde sie jetzt gleich *hinübergehen*, und ich war froh, daß sie mich entließ, sie brauche bloß Ruhe, ich könne ihr nicht helfen. Ich steckte mir ein Hirsebrot ein und machte eine Rundwanderung, zwei Stunden durchs geröllige Gelände, aber meine Gedanken konnte ich doch nicht loslösen von der kranken Frau, die auf der Couch in der Kammer lag und leise röchelte; ich fürchtete, sie könne sterben, leblos daliegen, wenn ich zurückkam; ich überlegte, was zu tun sei in einem solchen Fall. Da sie kein Funkgerät im Haus hatte, wäre es mir nicht möglich gewesen, einen Arzt zu verständigen, einen von denen, die im Hubschrauber ihren Dienst im *outback* versahen. Sie müßte rasch unter die Erde. Der Boden im Umkreis der Hütte war, vom kleinen Acker abgesehen, soweit ich abschätzen konnte, so hart, daß ihm mit der Schaufel nicht beizukommen war. Wie bestatteten die Pintubis ihre Toten? Nein, die Alte würde auch diese Schwächezustände überstehen, sie war zäh, sicher würde sie neunzig Jahre alt werden. Mein Blick und meine Gedanken schweiften in nördliche Richtung, wo ich das Pintubidorf vermutete, welch fixe Idee, als läge dort mein Heil. Ich kehrte wieder um; über dem unebenen, rotbraunen Geröll, durchzogen von vertrockneten Grasbüscheln, flimmerte schon der tiefblaue Vormittagshimmel mit einzelnen, sich auflösenden, strichartigen Wolkenstreifen; am Horizont sah ich als schwarzen Punkt die Hütte und die breitgefächerte flache Krone des Coolabaumes. Was hatte Busch veranlaßt, seinen Arbeitsstützpunkt ausgerechnet hier zu errichten? Die Alte hatte es mir sicherlich erklärt, ich konnte mich nicht mehr erinnern. Es hatte damit zu tun, daß Goosenegg als eine Art Knotenpunkt galt, alle der Doctora bekannten Fundorte von Felsbildern waren von hier ungefähr gleich weit entfernt.

An einem dieser Tage sah ich meinen ersten Pintubi in der Umgebung des Hauses, erblickte ihn plötzlich, auf einem felsigen Hügel, auf den ich zuging, ich war mehr als zwei Stunden von der Hütte entfernt. In westlicher Richtung wollte ich die mit Dornenbüschen bewachsene Bodenerhebung erklimmen, von dort den Blick in die Runde gleiten lassen und umkehren. Auf einmal, als ich hochblickte, ragte die schwarze nackte Gestalt in den Himmel, sie stützte sich, ein Bein auf das andere Knie, auf einen langen Speer. Er war etwa hundert Yards von mir entfernt, schien reglos in meine Richtung zu schauen. Der Anblick elektrisierte mich, ängstete mich auch, ich zögerte weiterzugehen, näherte mich ihm dann in einem Bogen, erwartete wohl irgendeine Reaktion des Australiers, aber als ich mich dann seitlich heranmachte, starrte er immer noch in dieselbe Richtung, schien sich während zehn Minuten nicht um ein Haarbreit gerührt zu haben. Ich erklomm den sanften Hügel, näherte mich dem Mann bis auf etwa fünfzehn Yards, hockte mich auf eine der rissigen, rotbraunen Felsplatten, zwischen denen stachelige Büsche herauswuchsen. Der Horizont verlief in einem violetten Streifen. Die dunkelbraune, wie geölte Haut des noch jungen Pintubi glänzte in der prallen Sonne. Die üppigen Bartstoppeln in seinem Gesicht gaben dem Mann etwas Ehrwürdiges. Er beachtete mich nicht. Ob er unsere Hütte von hier aus sehen konnte? Die Doctora hatte mir erzählt, die Augen der Australier sähen dreimal so weit wie die eines Zivilisierten. Ich hockte eine halbe Stunde oder länger auf dem Plateau, kaute die Hirsefladen, die ich mitgenommen hatte; ich war sicher, der Australier hatte mich bemerkt, es kränkte mich, daß ich für ihn Luft zu sein schien, ich wäre schon zufrieden gewesen, wenn er mir zugenickt oder mich durch eine Geste eingeladen hätte, mich ihm weiter zu nähern; verständigen hätten wir uns ohnedies nicht können. Vielleicht beherrschte er ein paar Brokken Pidgin-Englisch. Ich hatte mir vorgestellt, ich böte ihm von meinem Brot an ... Plötzlich wurde mir die ungeheure Distanz bewußt, die uns beide trennte. Wir hatten nichts gemeinsam, außer daß wir beide Nahrung aufnahmen, verdauten und wieder ausschieden, daß wir uns von der Sonne wärmen ließen, uns nachts zum Schlafen legten. Kamen wir nicht alle aus einer unvorstellbaren Zeitenferne ... Wann und wo tauchten Adam und Eva aus dem geschichtslosen Nichts auf? Wenn ich den Eingeborenen vor mir ansah, konnte ich nicht mehr an die Theorie einer evolutionären, gradlinigen Entwicklung des Menschen glauben (vom Steinzeitjäger zum zivilisierten City-Businessman oder Professor). Ich erhob mich schließlich, stieg betont locker den gleichen Weg zurück, zwang mich, als ich die steinige Ebene erreicht hatte und die Richtung nach Goosenegg einschlug dazu mich nicht umzudrehen. Aber ich habe mich doch umgewandt, nach zehn Minuten, und die dunkle Gestalt hob sich immer noch ab vom Horizont, und ich sagte mir, vielleicht ist er ausgestopft und dient den Pintubijägern als Orientierung. Die Begegnung mit diesem australischen Jäger hatte mich verunsichert, was meinen ersehnten Besuch in Callaboh betraf.

Der Alten ging es am nächsten Tag wieder besser, schon in der Früh, ehe ich aufgestanden war, hörte ich sie in der Küche herumräumen. Als ich nachsah, lag sie schon wieder im Bett, (allerdings aufgerichtet, dicke Polster im Kreuz), sie hatte sich einen Kräutertee gemacht, Farbe war in ihr ledernes Gesicht zurückgekehrt, und sie beantwortete meine Frage, wie es ihr gehe, ob ich was für sie tun könne, mit der

Gegenfrage, ob ich mir zutraute, allein nach Papunja zu fahren, sie brauche einiges aus der Apotheke, ihre Herztropfen seien bald aufgebraucht, außerdem hätten wir, soviel sie wisse, nur noch einen Kanister Benzin. Sie hatte die Karte auf dem Tischchen ausgebreitet und zeigte mir die eingezeichneten Wegmarken, mit deren und mit Hilfe des Kompasses könne ich mich nicht verirren. Ich solle, wenn ich Lust hätte, die Nacht auf dem Liegesitz des Morlock zubringen, wahrscheinlich sei dies das Klügste. Eile habe es mit der Rückfahrt keine, gefährlich sei bloß, in der Dunkelheit zu fahren, und als ich sofort erfreut zustimmte, reichte sie mir mit der Liste der Besorgungen ihr Scheckheft.

Hatte ich den Einfall, auf der Rückfahrt über Callaboh zu fahren, schon beim Frühstück oder erst während der vierstündigen Fahrt durch die endlose Savanne, auf der Sandpiste? Ich fuhr so schnell, wie es auf dieser gefurchten Fahrbahn möglich war; wenn ich in den Rückspiegel schaute, sah ich nur die Staubwolke, die der Wagen hinter sich herzog. Das Gefühl, der einzige Mensch in dieser unendlichen Landschaft zu sein, berauschte mich. Einmal kreuzten zwei halb hopsende, halb fliegende Känguruhs vor mir die Piste, der Anblick war belustigend, gleichzeitig wirkten die ausholenden Bewegungen der Tiere abnorm und abstoßend. Nach gut drei Stunden tauchten rechts am Horizont die Ausläufer der Macdonnell Ranges auf, der einzigen Erhebung so weit der Blick reichte. Traumwandlerisch hielt ich den Morlock auf der Piste. Gutes Auto, dachte ich. Das eintönige Rotbraun, durchsetzt von blaßgelben steifen Grasbüscheln, wich jetzt immer mehr einem zuerst blassen, dann kräftigen Grün, schließlich sah ich links von der Piste Weideland, ich näherte mich Haasts Bluff, einer großen Ranch mit einer Reihe von schmucken Holzgebäuden und weißen Häusern. Es gab sogar eine Hinweistafel: *Papunja Native Settle*, daneben ein auf einem Pfahl angebrachter Briefkasten. Ich hielt auf eine Gruppe von schattigen Bäumen zu; jenseits des Drahtzaunes weideten Rinder, ein dunkelhäutiger Cowboy ritt auf einem Pferd auf die Ranch zu. Während ich erschöpft vom Morlock stieg, beschloß ich, die ärgste Mittagshitze hier im Schatten zu verbringen. Ich rechnete: um zwei, halb drei in Papunja, eine Stunde Besorgungen, wenn ich dann schnell fuhr, konnte ich noch vor sieben Uhr abends in Callaboh sein. Auf dem Spirituskocher erhitzte ich mir nun zwei Konserven, trank den Rest aus der Wasserflasche.

Papunja, die ehemalige Missionsstation, war ein kleines Städtchen, die Baracken und Häuser, bunt bemalt, gruppierten sich um die Hauptstraße. Ich fuhr zuerst zur Tankstelle, ließ volltanken und die vier Kanister anfüllen. Der Apotheker erkundigte sich nach der verrückten Alten, sie solle sich endlich ein Funkgerät anschaffen, das sei ein unerläßliches Gerät, besonders in ihrem hohen Alter. Sie habe sich hier in Papunja schon über ein Jahr nicht sehen lassen, seit ein betrunkener Eingeborener sie niedergeschlagen und ihren Wagen nach Alkoholika durchsucht habe. Ich erledigte Einkäufe im Supermarkt, verstaute die mit Lebensmitteln gefüllten Kartons im Wagen, studierte noch einmal die Karte und fuhr in westlicher Richtung aus dem Städtchen hinaus. Mischlinge und schwangere Frauen lungerten unter dem langgezogenen Vordach des Kimbal-Hospitals herum, ein betrunkener zahnloser Weißer winkte mir zu, die Staubfahne, in die der Morlock ihn hüllte, schien ihm nichts auszumachen. Die Nachmittagssonne stand genau vor mir, später zog sich die Piste mehr nach Nordwesten. Nach einer halben Stunde etwa verschmälerte die Piste sich, ein großes

Schild zeigte an: *Native territory, no passage*. Ich ließ mich nicht abschrecken, mußte, da der Wagen unaufhörlich schaukelte, mein ganzes Augenmerk auf die manchmal mit ausgedörrten Grasbüscheln zugewachsenen Piste richten.

Obwohl ich diesmal aus einer anderen Richtung kam, erkannte ich Callaboh von weitem, die Autowracks, die Gruppe von Eukalyptusbäumen, unter denen wir damals den Wagen geparkt hatten, und doch fand ich die Stelle, den Baum nicht, unter dem ich eingeschlafen war, während ich auf die Alte wartete. Die Hütten der Eingeborenen ahnte ich mehr inmitten des schütteren Wäldchens, als daß ich sie sah. Wie lang war es her, daß wir dagewesen waren? Noch war es hell, aber die Sonne hatte den Rand des Horizonts erreicht, schien sich wie ein gallertartiger Dotter auf ihm niederzulassen. Meine Hände zitterten, ich stellte den Motor ab. Als ich vom Trittbrett sprang, wäre ich beinahe hingefallen, am liebsten hätte ich mich im Schatten eingerollt, um zu schlafen. Ich setzte mich zu einem Baum, wie damals, in einer halb ängstlichen Erwartung, daß jemand auf mich zukomme, sie mußten mich gehört haben. Trotz eines Bärenhungers war ich zu erschöpft, um mir etwas herzurichten, ich trank nur eine halbe Feldflasche leer. Nichts rührte sich. Ab und zu, wenn der Wind die Richtung wechselte, war mir, als hörte ich Hundegebell und Gesang von Frauenstimmen. Es wurde dunkel, und ehe ich mich's versah, fror ich, streifte mir den Pullover über. Eine innere Stimme warnte mich, ins Dorf hineinzugehen. Ich mußte im Wagen nächtigen. Während es völlig dunkelte, kochte ich mir Tee, aß eine halbe harte Jägerwurst, eine Packung mit Keksen. Ab und zu krächzte ein Vogel in den Bäumen. Als ich mir einen Schlafplatz im Laderaum freigeräumt hatte, mich in die Decke hüllte und die Taschenlampe ausknipste, hatte ich plötzlich Angst vor einem üblen Traum. Ich versuchte mir das Gesicht von Eve vorzustellen, aber wenn ich es einmal vor mir hatte, für den Bruchteil eines Augenblicks, verschwamm es gleich wieder in ein fremdes, unwirkliches, oder es zerfloß in Nichts.

Am nächsten Morgen erinnerte ich mich an einen Traum, in dem ich durch die Wüste irrte und weder nach Goosenegg noch zurück nach Callaboh fand, es gab keine Steinhaufen, keine Felserhebung, woran ich mich hätte orientieren können.
Die Sonne war schon einige Handbreit über dem Horizont, es begann heiß zu werden. War es nicht am besten, zu frühstücken und gleich nach Goosenegg zu fahren? Es sah nicht so aus, als wäre ich hier willkommen. Aber dann, nachdem ich gegessen und Tee getrunken hatte und deutlich Hundegebell herüber hörte, fühlte ich, ich mußte ins Dorf, eher würde ich keine Ruhe haben, würde immer wieder daran denken, mir was vorstellen und von den Australiern träumen. Mehr als mich abweisen konnten sie ja nicht, trotzdem war mir beklommen zumute, als ich mich der Ansiedlung näherte. Zwischen jungen Eukalyptusbäumen sah ich die Hütten am Rand des Dorfplatzes, sie glichen sich alle, hatten große Vordächer, in deren Schatten ich nackte Frauen und Kinder spielen und arbeiten sah. Ein Dingo kam bellend auf mich zu, wurde von einer fetten Frau, die einen kurzen Überhang aus durchsichtigem gelbem Stoff trug, zurückgerufen, sie hockte vor einer Hütte, im Schatten, und schälte Früchte, schien weiter nicht auf mich zu achten. Ich befand mich jetzt in der Mitte des Dorfplatzes, sah keinen einzigen Mann, die Frauen lachten, schäkerten miteinander oder mit

den Kindern, stillten ihre Säuglinge, ignorierten mich, es war, als ginge ich unsichtbar über den kleinen Dorfplatz, rechts die einförmigen Hütten, links schob sich mir ein längliches Holzgebäude, eine Art Lagerhaus wohl, mit schattiger, schmaler Galerie, ins Blickfeld, und von dort sprangen jetzt zwei halbwüchsige Jungen herunter; sahen mich erwartungsvoll an, als ich näher gekommen war. Ich fragte sie nach Mister Zosimo, Mister Basilj, versuchte ihnen zu erklären, daß ich von der Doctora käme, die Doctora, die kannten sie doch wohl alle. Die beiden Halbwüchsigen sahen mich an, drehten sich ohne mir ein Zeichen zu geben um, gingen voraus, das hieß wohl, ich solle ihnen folgen. Ihre geschmeidigen schwarzen Rücken glänzten wie eingeölt, sie waren völlig nackt, der eine mit weißblonden Haaren. Als wir die schützenden Schatten der Bäume, die das Lagerhaus umstanden, verließen, sah ich die Felder, darauf arbeiteten mit Hacken ungefähr fünfzehn Männer, junge und alte. Ich glitt am Rand des Feldes in die Hocke, beobachtete, wie die Knaben auf einen der Männer, einen Alten mit einer Pudelmütze zugingen, mit ihm redeten, auf mich zeigten; wie der Alte sie quer übers Feld wegschickte, seine Spitzhacke hinlegte und auf mich zukam. Einige der Männer blickten kurz auf und zu mir her, kümmerten sich aber weiter nicht. Der Alte, er trug kurze zerfranste Khakihosen, stellte sich vor mich hin, sah mich an, sein Blick verunsicherte mich, ich fragte ihn, ob er Englisch verstehe, er tat, als hätte er nichts gehört, und ich radebrechte, daß die kranke Doctora mich geschickt habe, um einen Sack Hirse, ob er Basilj sei, ich solle Grüße bestellen … Ich war mir jetzt gewiß, daß es falsch war, hergekommen zu sein, am liebsten wäre ich auf und davon gelaufen, aber jetzt stand ich hier, ich ertrug seinen Blick nicht, fragte ihn noch einmal, ob er Mister Basilj sei, keine Antwort; ich überlegte, wie ich mich aus dem Staub machen könnte, warum gab er mir nicht wenigstens zu erkennen, daß er mich nicht verstand, ich verspürte einen bohrenden Schmerz links im Hinterkopf, schon eine ganze Weile, er streckte einen Arm aus, wies in die Richtung, aus der ich kam, als wolle er mir etwas zeigen, ich drehte mich um, die von den Bäumen beschattete, gelb gestrichene Rückseite des Lagerhauses, ich nickte, als hätte ich verstanden, ja, ja, ich gehe ja schon, obwohl seine Geste keine Aufforderung zu verschwinden zu sein schien, ich hob grüßend meine Hand, er nickte beinah unmerklich und ließ mich stehen, ging aufs Feld zurück. Ich rechnete mir aus, daß ich noch vor Mittag in Goosenegg sein konnte. Der Alte mit der weißwolligen dunkelbraunen Brust und der braunen Pudelmütze hatte mich lange nicht so beeindruckt wie der nackte Jäger von neulich, er lebte in der Gegenwart, während der Eingeborene, der regungslos auf dem Felsplateau gestanden war, aus einer fernen Zeit gekommen zu sein schien. Ich ging im Schatten der Bäume, die den Dorfplatz begrenzten, zum Wagen zurück, hörte die Frauen singen und lachen, ein albernes Lachen manchmal, und je weiter ich mich vom Feld entfernte, desto wohler wurde mir, auch das schmerzhafte Pochen im Schädel ließ nach. Ich hatte mir Callaboh anders vorgestellt, der Umweg hatte sich nicht gelohnt, das waren keine Jäger, sondern Ackerbauern, der westlichen Zivilisation näher als den geistigen Traditionen ihrer Ahnen, vielleicht war die jahrzehntelange Arbeit der Doctora sinnlos, wahrscheinlich konnten diese Abkömmlinge der Australier mit den Felsbildern nicht mehr das geringste anfangen; zweifellos, so dachte ich, während ich nach Süden fuhr, ist aber auch das Leben in solchen Dorfgemeinschaften vielleicht die einzige Lösung für die Nachkommen der Pintubis, die sonst, wie noch vor dreißig Jahren, in den Slums der Städte, dem Alkohol oder anderen Drogen verfallen, dahinvegetieren und gänzlich auszusterben drohen.

Bange Minuten, als ich mich – die Sonne stand im Zenit – dem Haus der Doctora näherte. Aber dann sah ich sie vor dem Anwesen, sie war nicht bettlägrig, hatte wahrscheinlich den Morlock schon von weitem kommen gehört. Während der Fahrt hatte ich mir zurechtgelegt, daß ich meinen Besuch im Pintubidorf erwähnen würde (sonst würde sie eines Tages von Zosimo oder Basilj davon erfahren), ich habe eine andere Strecke ausprobiert, die mir ein Mann in Papunja angesagt habe, nicht über Haasts Bluff, sondern über Glen Rita. Wie die Ansiedlung heiße, wisse ich nicht, denn der Eingeborene, mit dem ich mich zu verständigen suchte, habe mich nicht verstanden. Die Alte hatte mich gar nicht früher erwartet. Ich hätte sicher Hunger, dann wolle sie gleich in die Küche, auch sie verspüre wieder Appetit. Ich stieg aufs Trittbrett, löste die Verschnürungen am Dachträger, wickelte die Trinkwasserkanister aus den Isoliermatten, trug sie in den Keller hinunter, verstaute die Benzinkanister im Schuppen. Mir war, als wäre ich eine Woche oder länger fort gewesen, und gleichzeitig spürte ich eine Gewißheit, daß meine Tage hier gezählt seien, ich sah mich im Schnellbus von Alice nach Melbourne sitzen. Ich mußte mich auf den Weg machen, wohin er führte, kümmerte mich nicht mehr, wollte eine günstige Gelegenheit abwarten, um der Alten beizubringen, daß ich gehen müsse. Leicht möglich, daß ich mich später wieder zurücksehnte nach Goosenegg. Beim Essen machte die Doctora eine geheimnisvolle Andeutung von einer Fahrt, die wir demnächst unternähmen, zu einem Ort in der Nähe des Lake Mackay, eine Zweitagesfahrt, es sei wahrscheinlich das letzte Mal in ihrem Leben, daß sie diese Reise unternehme. Vorher würde sie mich noch um mein Wort ersuchen, daß ich keiner Menschenseele je von den Dingen, die wir auf dieser Reise erleben würden, erzählte.

In der Nacht war ich wieder in Callaboh, mit einem klapprigen alten Ford hielt ich an der Tankstelle, die sich mitten am Dorfplatz befand. Ein graubärtiger Alter mit einer Schirmmütze kam aus dem Kassenhäuschen, es war Basilj, der Medizinmann, ich schraubte den Tankdeckel ab, legte ihn aufs Wagendach. Basilj reichte mir den Schlauch, ich faßte ihn, da zuckte ein Schlangenkopf aus seinem Ärmel, biß mich in die rechte Hand, ich ließ den Schlauch fallen, das Benzin ergoß sich, ich starrte auf das Bißmal in meiner Hand, schaute entsetzt Basilj an, Kinder, Frauen und Männer, alle mehr oder weniger nackt, umstanden mich jetzt, sie bedauerten mich, ich hörte jemanden sagen: Noch drei Stunden. Basiljs Gesicht schrumpelte plötzlich ein, wurde immer älter, fiel ein, verrunzelte, während die Augen mich weiter ausdruckslos anstarrten, durch mich hindurchstarrten, beinah schien es so, als verwandelte Basiljs Schädel sich in einen Schlangenkopf. Zwei dicke Frauen mit lappigen Hängebrüsten führten mich zu einer Hütte, drinnen ein Lager aus getrocknetem Gras, ich legte mich hin, hielt den Frauen meine Hand hin, unfähig zu reden, sie mußten doch verstehen, daß ich sie um die Heilsalbe bat, vielleicht konnte ich noch gerettet werden, aber die Köpfe der Pintubis, die sich beim Eingangsloch hereinstreckten, nickten, das hieß, keine Rettung, es hatte sich um die Todesotter gehandelt. Ich verfluchte mich, daß ich ins Dorf gekommen war, spürte, wie meine Kräfte schwanden, ich konnte die Augen nicht mehr geöffnet halten. Hatte ich bloß noch kurze Zeit zu leben? Die Tür wurde geschlossen, und ich lag im Finstern, spürte die Hand anschwellen. Schlief ich, oder wachte ich, oder träumte ich im Traum? Wieviel Zeit war vergangen? Jemand hockte auf meinem Schoß, eine leichte Hand strich mir über Brust und Gesicht, erregte mich, ich war nackt, tastete nach dem Leib über mir, glatte Haut unter einem leichten Umhang, wie manche Pintubifrauen sie trugen, ich tastete nach dem Gesicht, den Haaren, der Kopf neigte sich herab zu meinem, ich spürte den Geruch, wie von selbst glitt ich in ihren Schoß, stöhnte vor Lust, hielt den fülligen Leib und wand mich unter ihren herab tunkenden Brüsten, stöhnend preßte sie sich an mich, ich spürte ihren keuchenden Atem an meiner Wange; ihr Name war Joy, und ich sprach ihn aus wie den einer Göttin, und dabei erwachte ich, ich war allein, und doch nicht allein.

Die Sonne war noch nicht aufgegangen, trotzdem erhob ich mich, stieg, um die Alte nicht zu wecken, zum Fenster hinaus, erfrischte mich an der Zisterne mit kaltem Wasser, immer noch spürte ich die Frauenhand über meine Brust streichen, ich ging vom Haus weg, hob einen flachen Stein auf, befühlte ihn in der Hand, die violett getönte Himmelskuppel verschmolz im Osten in glühendes Gelb. Haus und Baum, als ich mich einmal umdrehte, lagen noch im Nachtschatten, ich fühlte mich kräftig genug, um einen ganzen Tag lang zu marschieren, es war kühl, ein Knoten in mir hatte sich gelöst, oder ich hatte eine Haut abgestreift, ich stellte mir vor, die Sonne würde nicht mehr aufgehen, die Erde sich ihr nicht mehr entgegendrehen, und ich würde immer so weiter wandern, am Horizont der lohende gelbe Feuerspalt, er wäre mein Ziel, und Eve erwartete mich dort, oder die nächtliche Besucherin, ich stellte mir vor, es sei eine jener beiden jungen Frauen, die ich in Callaboh gesehen hatte, und ich müßte sie, um sie zu gewinnen, aus dem Dorf entführen, und um der Rache der Stammes zu entgehen, würden wir um die ganze Welt fliehen …

12

Gestern: Der Teppich neben dem Bett bedeckt von den Blättern des Manuskripts, die ich nach dem Lesen dort ablegte; ich blickte auf die Taschenuhr, die an dem Silberkettchen an der Wand über meinem Bett hängt: Ein Uhr vorbei. Als ich das Lesen unterbrach, wußte ich im ersten Moment nicht, wo ich war. Ich dachte, morgen, an deinem ersten Arbeitstag, wirst du wieder einmal unausgeschlafen erscheinen ... Am Schreibtisch hocken und hoffen, daß der Tag rasch vorübergeht. Aber dann schob ich mir noch einmal den Kopfpolster zurecht, zog mir die Tuchent bis zum Hals hoch und las weiter, eine Dreiviertelstunde. Ich hatte die Zifferblattseite der Uhr zur Wand gedreht. Endlich löschte ich das Licht, legte mich auf den Bauch, träumte die Geschichte weiter, S., wie er nach seinem hochzeitlichen Traum im Morgengrauen einen Kreis um das Häuschen zieht, bis die Sonne aufgeht. Plötzlich hörte ich, daß die Saiten der Bettfedern bei jedem Atemzug, den ich ausstieß, bei jedem Räuspern und Brummen (hatte ich mich in dem ungeheizten Zimmer aufs neue erkältet?) zu vibrieren und zu tönen und zu singen anfingen; erstmals merkte ich, daß ich ein richtiges Konzert veranstalten konnte, und so musizierte ich mich in einen tiefen Schlaf, in Träume hinein, die die Geschichte von S. weiterspannen.

Das Kratzen im Hals, in der Früh, als Mutter an die Tür klopfte, gleich nach sechs Uhr, der linde Schmerz beim Schlucken, genügte mir, war mir willkommen. Es gehe mir schlechter, sagte ich, meine Nase rinne wieder, meine Brust rassle, ich rufe dann nach sieben im Amt an. Ein Rückfall. Alles nebensächlich. Wichtig war mir nur, S.' Aufzeichnungen zu Ende zu lesen. Noch ein ganzer Tag für mich, dachte ich, ein Tag im Bett, zum Lesen, ich sprang heraus und betätigte den elektrischen Zünder am Ölofen. Im Bad räusperte ich mich ein paarmal, der Hals und die Kehle waren frei, ich fühlte mich pudelwohl. Als ich dann Herrn Stempfl anrief, taten mir aber meine Stimmbänder den Gefallen, heiser zu tönen, und ich kam mir großzügig vor, als ich erklärte, ich glaube, morgen wieder Dienst tun zu können. Ich mochte nichts frühstücken, trank bloß zwei Tassen Tee, dann wieder ins Bett, das Zimmer erwärmte sich; das Manuskriptbündel in der Hand, dachte ich, ich brauchte bloß eine genaue Karte des Gebietes um Alice Springs, ich dachte, wenn es ein Goosenegg gibt, reise ich dort hin, in den Ferien ... Und Eve? Als S. einmal die Züge Eves heraufbeschwor, war mir, er denke an Eva, auch sie hat Sommersprossen, auf ihrer Nase und unter ihren beiden Augen. Während eines Moments, als ich in der Lektüre innehielt, dachte ich, er habe alles bloß erfunden.

13

Mitte Dezember forderte die Alte mich eines Tages, während wir frühstückten auf, den Morlock zu überprüfen, sie wolle auf eine mehrtägige Fahrt gehen mit mir, sie beabsichtige, einen geheimen Ort zu besuchen. Er sei auf keiner Landkarte verzeichnet, erwiderte sie auf meine Frage, es sei meinetwegen, daß wir die Reise machten, ein Wagnis sei das Unternehmen, es gebe keinen markierten Weg, mehr schlafwandlerisch habe sie das zweite Mal hingefunden, beim nächsten Versuch habe sie sich verirrt, und es sei durchaus möglich, daß es auch diesmal nicht gelinge; noch vor einigen Wochen hätte sie die Reise mit mir nicht unternehmen mögen.

Wir brachen in der Morgenfrühe des übernächsten Tages auf, nicht ohne vorher Gerätschaften im Wagen zu verstauen, und ich dachte, was sie mir zeigen wolle, sei eine mit noch wirkenden magischen Kräften aufgeladene Felszeichnung, was jedoch hieße, daß dieser Ort von eingeweihten Pintubis in regelmäßigen Zeitabschnitten besucht würde. Nachdem sie mir anfänglich den Weg gewiesen hatte und ich viele Stunden in nördlicher oder nordwestlicher Richtung gefahren war, das Rütteln des Wagens hatte mich ins Dösen gebracht, rasteten wir an einer Stelle, wo ein paar verkrüppelte, fast versteinerte Baumstümpfe mit skurril geformten abgestorbenen Ästen aus dem Geröll ragten, und aßen heiße Hirsefladen aus dem alten Speisethermo der Doctora. Der Sonnenschutz, den ich aus einem Stück Zeltplane und einigen Pfählen aus dem Schuppen hergestellt hatte, bewährte sich hier zum erstenmal, wir streckten uns darunter aus, ehe dann die Alte das Steuer des Wagens übernahm und bis zum Abend nicht mehr an mich abgab. Der Himmel bewölkte sich am Nachmittag, eine schwere dunkelgraublaue Wolkendecke wanderte mit uns, schien sich immer tiefer herabzusenken, ließ nur einen schmalen hellgrauen Streifen am Horizont. Ich verfiel wieder ins Dösen, nickte ein, war so durchschüttelt und durchrüttelt, daß ich nur noch den Wunsch hatte, mich in einem schattigen Winkel hinzulegen und zu schlafen. Einmal, als ich hochschreckte (die Alte hatte das Steuer verrissen, war von der Bahn abgekommen), sah ich rundherum nichts als eine unendliche grüne Landschaft; so weit das Auge reichte, war die Erde mit stacheligen dunkelgrünen, zwei bis drei Handbreit hohen Büschen bewachsen, hier würden wir keinen Lagerplatz für die Nacht errichten können. Nach einer weiteren Stunde verwandelte sich aber das Gelände, der Boden war wieder geröllig und karg, manchmal mit weicher, rotbrauner sandiger Erde durchsetzt, die den Wagen einsinken ließ, am Horizont tauchte eine felsige Formation auf, ein Bergrücken, und auf ihn steuerte die Alte zu, es begann bereits zu dämmern und kühler zu werden. Einmal blickte sie grimassierend herüber, als wollte sie sagen: Siehst du, ich habe hergefunden.

Schon halb im Dunklen, aber ohne Scheinwerferlicht, im zweiten Gang, fuhr sie dann ein Stück am Fuß des felsigen Höhenrückens entlang und hielt schließlich hinter einem Felsvorsprung an. Sie schien jetzt völlig erschöpft, ließ sich übers Steuerrad sinken. Es ist nichts, beruhigte sie mich endlich, hieß mich aussteigen. Es war kurz vor neun Uhr. Sie hieß mich die Schlafsäcke schultern und deutete mit der Hand voraus. Wir gingen am Fuße des Felsens entlang, bald war er nur noch ein dunkler Schatten, beim Gehen stieß ich gegen Steine, stolperte, war zu müde, um die Doctora zu fragen, wozu wir um den Berg herum wanderten, es war ja einerlei, wo wir uns hinlegten. Ich wunderte mich, daß sie noch Kraft hatte, im Dunklen zu marschieren, dabei schien sie darauf zu achten, sich möglichst lautlos zu bewegen. Am Horizont versickerte der Silberstreif, und rechterhand tat sich nun eine Mulde in dem Felsenabhang auf; obwohl es jetzt beinahe völlig dunkel war, sah ich mehr als zuvor, wir schienen die Westseite des Felsens erreicht zu haben. Ich spürte die Hand der Alten auf meinem Arm, sie nahm mir einen der beiden Schlafsäcke ab, das hieß, hier würden wir uns niederlassen, endlich! Sie vermied es sorgsam, beim Öffnen des Reißverschlusses ein Geräusch zu machen. Wir lagen schon in den Daunensäcken, die Köpfe erhöht auf einem glatten Felsvorsprung, der Wind pfiff – und dann horchte ich auf, es durchrieselte mich, ein Geräusch, es klang wie der Gesang einer Gruppe von Menschen. Jetzt wieder: An- und abschwellend der Gesang, unendlich traurig und zu Herzen gehend, ich lauschte mit allen Poren, es war ein Gesang wie nicht von dieser Erde, nie hatte ich etwas Ähnliches vernommen. Wie weit mochten diese Eingeborenen – um solche handelte es sich zweifellos – von uns entfernt sein? Ich spürte, wie meine Augen naß wurden. Neben mir lag reglos die Doctora, als schlafe sie schon. Jetzt wieder der Singsang. War es das, was sie mir hatte zeigen wollen, war dies der Ort, den sie meinte? Ich war begierig, diesen Ureinwohnern, die zweifellos außerhalb der Reservatsdörfer wie ihre Ahnen in Wüstengebieten umherzogen und lebten, am nächsten Morgen zu begegnen.

Es war noch vor Sonnenaufgang, als die Alte mich weckte, sie war schon aus ihrem Schlafsack gestiegen, hatte ihn zusammengerollt. Am östlichen Horizont war an einem silbrigen Scheidestrich zu ahnen, daß es wieder Licht werden würde. Mich fröstelte, als ich aus der warmen Umhüllung kroch. Rasch dämmerte der Morgen herauf, und ich sah, als ich mich umblickte, daß ungefähr hundert Yards entfernt von uns eine Wasserstelle glänzte, ein winziger See, der sich in die Bucht, die das Gebirge an seinem westlichen Ende bildete, hineinschmiegte. Birkenartige Bäume wuchsen am Ufer. Ich fragte nichts, folgte der Doctora, verstand ihren Blick, wir schlichen denselben Weg zurück, den wir am Vorabend gekommen waren. Sie schwieg noch, als wir den Morlock bestiegen (die Alte setzte sich hinters Lenkrad), wir fuhren mehr als eine Stunde, als sie endlich im freien Gelände anhielt, den Motor abstellte, sich mit gestreckten Armen vom Lenkrad wegstemmte und mit einem tiefen Seufzer ausatmete. Lächelnd sah sie zu mir herüber, entspannt: »Jetzt wollen wir frühstücken, Simon.« Ich installierte meinen Sonnenschutz, die Doctora packte den Proviant aus. Heißhungrig griff ich dann zu, am Vorabend hatten wir nichts gegessen. Während ich mich krampfhaft an meinen Traum zu erinnern versuchte (Bruchstücke von einer Höhle geisterten mir nebelhaft durch den Sinn, einer Wohnhöhle, in der auf einem Haufen glitzernde Steine lagen, ein unterirdischer See, den ich an der Seite einer Frau durchschwamm, die Wasseroberfläche von einer beinah unerträglichen, gleißenden Helle), begann die Doctora zu erzählen, und ich lauschte, ließ meinen Traum fahren. Ich sei nun außer ihr der einzige Weiße, der von der Existenz dieses versprengten Stammes der Pintubis wisse. Aus nicht mehr als fünfzehn bis zwanzig Männern und Kindern bestehe die Gruppe, sie habe wohl niemals Kontakt mit Menschen außerhalb ihres Lebensraumes gehabt, nicht einmal mit den Australiern der Reservate, einzig allein Zosimo habe sich mit zweien seiner Leute einst, vor Jahren, ihnen genähert, zufällig seien sie sich begegnet, am Rande der Gibson-Wüste. Sie hätten manchmal die Alten von einem solchen versprengten Grüppchen reden hören, von Ureinwohnern, die noch so lebten wie vor Tausenden von Jahren. Selbst Zosimo sei erschrocken gewesen beim Anblick dieser wie aus dem Schlamm der Vorzeit hervorgekrochenen Jäger, und mit einem Handzeichen grüßend hätten sie kehrtgemacht. Sie selbst sei diesen Steppen- und Wüstenmenschen ebenfalls zufällig vor sechs Jahren begegnet, als sie sich auf der Suche nach Felsbildern jener Wasserstelle näherte; eines Abends, ein paar Minuten lang, ehe die Sonne unterging, habe sie sie beim Baden im See beobachten können, ohne von ihnen wahrgenommen zu werden. Sofort habe sie geahnt, (obwohl sie nicht hätte sagen können woran), daß es sich bei diesen Eingeborenen nicht um Bewohner eines Reservats handelte Der Bereich, in dem wir gestern abend gelagert hätten, und in dem wir uns auch jetzt noch befänden, sei übrigens kein Eingeborenen-Territorium, das ganze Gebiet bis hinunter zum Lake Mackay sei selbst für die Pintubis zu abweisend und öde. Immer wieder habe es sie in den letzten Jahren zu dieser Wasserstelle hingezogen, die Ur-Pintubis aber habe sie nur noch zweimal angetroffen, und zwar wie diesmal immer nur im Frühling. Sie seien offenbar das ganze Jahr unterwegs, vielleicht ahnten sie die Gegenwart einer anderen Weltenzeit auf ihrem Kontinent, und vielleicht bewegten sie sich nur innerhalb ihrer intuitiv gesteckten Koordinaten in einem so lebensabweisenden Gebiet, in dem kein ihrer Kultur fernstehender Mensch überleben könnte. Sie habe so sehr gehofft, den Gesang der Steppenmenschen noch einmal in ihrem Leben zu hören. Als der Wind dann tatsächlich die Stimmen zu uns herübertrug, habe sie gedacht, sie halluziniere, denn schon auf dem Gang um den Felsen herum, gestern abend, habe sie den Gesang vernommen, lange, ehe wir in die Nähe der Wasserstelle gekommen seien. »Sehen Sie, Simon«, sagte sie, »ich denke, wir sind uns einig, die Spezies, die gegenwärtig die Welt beherrscht und für ihren desolaten Zustand verantwortlich ist, wird untergehen, so wie vor Tausenden und Zehntausenden Jahren andere Geschlechter und Rassen untergegangen sind.« Ihr Gedanke sei, daß die Urmenschen sich irgendwann stärker vermehrten und ausbreiteten, sich woanders hin entwickelten als wir. Die Doctora schwankte, als sie sich aus der Hockstellung erhob, ein Schwindelanfall, ich sprang auf und stützte sie, geleitete sie zum Wagen.

Manchmal erinnerte ich mich früher an bewaldete Höhenzüge, unendliche Wälder, Tannenzapfen, Reisig, Schwämme, Wurzelstränge, die aus einem weichen Waldboden ragten …

Die Alte träufelte sich ihre Tropfen auf die Zunge und sank dann auf dem Sitz zusammen, die glühende Hitze im Morlock nahm mir den Atem, ich hoffte, den rechten Weg zurück zu finden; eine unendliche Sehnsucht nach Wäldern, nach Gängen im kühlen Unterholz.

Was soll aus mir werden, wenn meine Zeit in Goosenegg um ist, dachte ich einmal mehr, mir fiel ein, daß ich sechsundzwanzig Jahre alt geworden war, vor einer Woche. Vor zwei Jahren hatte ich apathisch im Apartment in der Campbell Street mit Debbie dahinvegetiert, Debbie in ihrem Slip und T-Shirt, die sie wochenlang trug. Die grimassierenden jungen Leute auf der Straße, wenn ich hinunterging, um

Hamburger und Cola zu holen, im Supermarkt mit den stets eingeschlagenen Frontscheiben.
Jetzt erinnerte ich mich an die kleine Asiatin, die mir zugelächelt hatte … Nein, damals war ich schon hinterm Pult in Toms Office. Etwas Unglaubliches, dieses Lächeln. Ich hatte mir eingebildet, das Mädchen hätte sich blitzschnell in mich verliebt, ich sprach es an, lud es zu einem Kaffee ein in Lloyds Café nebenan. Ky war erst einige Wochen in den USA; sie kam aus einem winzigen Dorf im Hinterland von Malakka, ich merkte rasch, daß sie *jeden* Menschen anlächelte, und ich beobachtete, wie sehr dieses Lächeln auch auf andere Passanten wirkte.

14

Neun Tage sind vergangen seit dem Tod der Doctora. Chariklia Busch-Pandraki heißt sie laut ihrem Paß, den ich durchgeblättert habe.

In der Früh erwachte ich, hörte wieder Regen aufs Dach prasseln. Im Zimmer war es noch dunkel, in meinem Zimmer, in dem nun Helen sich seit drei Wochen eingerichtet hat; ich löste mich aus ihrem Arm, der auf meiner Brust lag, es gelang mir, aufzustehen, ohne sie zu wecken. Als ich die Tür öffnete, sprühte mir ein Regenschauer ins Gesicht. Ich hob den Deckel von der Zisterne. Der Himmel war mit dunkelgrauen Wolken verhangen, nur im Osten ein lichter Streifen am Horizont. Ich genoß meine Nacktheit, ließ mich von dem Strichregen berieseln. Vor zwei, drei Tagen noch hätte ich mich hinterher klatschnaß zu ihr ins Bett gelegt, mich über ihr Kreischen amüsiert. Was ist geschehen? In den Tagen nach dem Begräbnis waren wir uns mehr oder weniger aus dem Weg gegangen, jeder hatte das Bedürfnis, mit sich allein zu sein. Ich war die meiste Zeit in meinem Verschlag gesessen und hatte meine Erinnerungen aufgeschrieben. Sie las in den Notizbüchern und Manuskripten ihrer Mutter und in Schriften Maurice Buschs, wie sie mir später sagte.
War das die Leidenschaft, und dauerte sie nicht länger als ein paar Tage? Auch Helen scheint leicht gereizt mitunter, seit gestern. Ob es stimmt, daß sie, mit dreiundzwanzig Jahren Ehefrau und nach anderthalb Jahren wieder geschieden, mehr als sechs Jahre lang allein gelebt hatte – ähnlich wie

ihre Mutter –, der Männer überdrüssig, wie sie sagte? Es hat aufgehört zu regnen, ich muß die Zisterne abdecken.
Ist es nicht nur ein Traum? hatte sie geflüstert, ihre Wange an meine gepreßt, und ich hatte gelächelt, dachte an die zärtliche Zuneigung, die mich mit Eve verband; wie völlig anders war nun diese ungestüme Begierde, die mich verwandelte, mich mir selber rätselhaft werden ließ. Schon in den ersten paar Tagen, die sie in Goosenegg war, spürte ich ein aufreizendes Verlangen. Ich unterdrückte es, fürchtete ihren Spott. (Ähnliches hat sie mir gestanden, gestern, während ich den Wassereimer aus der Zisterne zog.) Auch gab es Momente, wo ich sie verabscheute: wenn sie die Großstadtdame hervorkehrte, der alles hier zu wenig fein war (sie sei es gewohnt, zwei- bis dreimal täglich zu duschen, etc.) Seit dem Tag, an dem sie mir die Haare schnitt, war ich ihr jedenfalls verfallen. Einige Male hatte sie über meine Mähne gelästert; wie ich das ertrüge, bei dieser Hitze! Sie selbst bot dann an, sie mir zu schneiden, sie könne das, und als ich auf dem Hocker auf der Veranda saß und sie sich mit Schere und Kamm näherte, als sie mir so nah kam, daß ihre nackten Arme mich berührten, ich ihr Haar roch und ihren Leib durch ihren hauchdünnen sandfarbenen Baumwollumhang spürte, hoffte ich, sie bemerke nicht, was in mir vorging, denn ich war sicher, für sie sei ich bloß ein schmuddeliger Vagabund, der bei ihrer Mutter geschnorrt hatte.
Nicht einmal der Tod der Alten hatte mich abgekühlt, und ich merkte nichts von ihren Gefühlen, war blind ihren Blikken gegenüber. Ungewollt, um mich zu schützen, hatte ich manchmal rauhe Töne angeschlagen.

Seit Stunden hast du dich nicht blicken lassen, habe ich gedacht, an jenem Freitag, der dann alles veränderte, seit dem

Morgen hatte ich mich zurückgezogen in meinen Verschlag, mir allein ein Frühstück zubereitet, ich floh dich, wollte nicht, daß du etwas bemerkst von meinem Verlangen, und ich weigerte mich, an morgen zu denken und an übermorgen. Bald würde der Tag deiner Abreise kommen, wir würden aufbrechen nach Alice und uns dort trennen …

Ich hob die kleine *Remington* der Doctora samt der Holzplatte, die ich als Unterlage benutzte, von meinen Oberschenkeln. Kurz davor hatte ich ein neues weißes Blatt eingespannt, ich hatte das Farbband umgedreht, tippe jetzt auf die rote Hälfte des Farbbands. Helen saß sicher an dem Arbeitstisch der Alten nebenan. Ich schlich mich an der Hüttenwand entlang, spähte zum Fenster meines früheren Zimmers hinein, da saß sie, ihre Lesebrille im Gesicht. Hallo, hab ich wohl gerufen, was essen wir?, denn es war schon weit nach Mittag, und sie nahm ihre Brille ab und lächelte mir zu. Ich ging ins Haus, durchquerte das Wohnzimmer; die Tür zum kleinen Arbeitszimmer war offen, du bist aufgestanden, hast die Papiere auf dem Tisch mit den bemalten Steinen beschwert, sahst mich an. Was war es, das mich alles vergessen ließ, ging es dir ebenso, hattest auch du das Gefühl, es hätte kein wirkliches Leben für dich gegeben vor diesem Zeitpunkt? Du hast meinen Hals gedrückt, als wolltest du ihn mir brechen, ich küßte dir die säuerlichen Tränen weg; wie hast du es empfunden, Helen, wir haben nicht geredet miteinander, eine andere Sprache war die unsere: Schnurren, keuchen, kichern, wispern, das Schwellen deines Leibes unter meinen Händen und Lippen …

Sobald wir anfingen miteinander zu reden, senkte die Trennwand sich herab, zuerst eine durchsichtige. Was mag

wohl heute für ein Tag sein? fragte ich sie. »Das werden wir gleich haben«, und sprang auf.
Liebe Helen, du hast gehofft, mich überzeugen zu können, das Funkgerät, welches du mitgebracht hattest, sei doch ein nützliches Ding, meine Ablehnung diesem Apparat gegenüber hast du stets auch als Ablehnung deiner Person gedeutet, ich rief: »Laß doch, ich will's gar nicht wissen«, aber du warst schon hinübergehüpft, katzenhaft deine Bewegungen, wenn du barfuß gingst, und damit hat es angefangen, ich lauschte ein wenig widerwillig dem Wetterbericht von Alice Springs, den Katastrophennachrichten aus aller Welt, dem politischen Tingeltangel, und was du sonst stichwortartig mitgeteilt hast. Jetzt war ich erwacht und nüchtern.
Ich erzählte von meinem Pflegeonkel Ladstätter in Columbus/Ohio, dem kleinen Städtchen, dem Häuschen, von den herumlungernden weißen und schwarzen Jugendlichen, die mit ihren Stahlruten und Revolvern manchmal auf der Schwelle unseres Hauses saßen; nach Einbruch der Dunkelheit hatten wir jedesmal Angst gehabt, unser Heim zu betreten; eine falsche Bewegung, das Zucken eines Augenlids hätte vielleicht genügt, und sie hätten uns erschlagen.
Es müsse doch ein leichtes für mich sein, in Sydney einen Job in der Computerbranche zu kriegen, sagtest du, »komm mit mir, es ist eine wunderbare Stadt, meine Wohnung in Surry Hills ist groß genug, du kannst dir Zeit lassen, einen Job zu finden … Ferien machen wir im Great Barrier Riff« … Dein Chef habe dort ein Ferienhäuschen, es sei paradiesisch … jedesmal, wenn du dort gewesen seist, habest du dir einen Liebsten gewünscht. Das Meer leuchte smaragdgrün … Ich hätte ja keine Ahnung, wie zauberhaft die Ostküste sei.
Das alles klang sehr verlockend, Helen, vor allem der Ge-

danke, mit dir zu leben, trotzdem war ich außerstande, mich zu deinen Vorschlägen zu äußern. Ein winziges Nichtübereinstimmen in unseren Gedanken, Helen, und trotzdem habe ich gelitten. Du sprachst davon, das Lebenswerk von Maurice Busch zu *retten*, es zu veröffentlichen, auch die Arbeiten deiner Mutter, (die Öffentlichkeit habe ein Recht darauf!), meinen Einwand, ob die Doctora dir nicht gesagt habe, daß die Kopien der Felsbilder den Pintubis gestiftet werden sollten, hast du nicht hören wollen.

Immer mehr Gedanken in meinem Kopf entstanden, breiteten sich aus, die ich für mich behielt, und vor allem war es mir jetzt unmöglich, dir von meinen Erlebnissen und Träumen zu erzählen, die die Pintubis betrafen, schon gar nicht die märchenhafte nächtliche Begegnung an der Wasserstelle. In jenen Tagen und Nächten vorher, in Augenblicken, wo ich köstlich ermattet an dich geschmiegt ausruhte, schien es mir unerträglich, ein Geheimnis vor dir zu haben, irgendeinen Gedanken nicht mit dir teilen zu können.

In vier Tagen sind deine Ferien zu Ende. Wie auch immer, gemeinsam werden wir Goosenegg verlassen und nach Alice fahren; dein Rückflug ist schon gebucht. Und ich? Wo werde ich mich befinden, in einem Monat, in zwei Monaten, was werde ich tun? Ich stellte mir deine helle, freundliche Wohnung vor, in Sydney, den subtropischen Garten hinter dem Haus, von dem du mir erzählt hast …

15

Warum hat sie mir das angetan? Ich grüble und grüble. Zweifellos hat sie erwartet, daß ich begeistert ihrem Vorschlag zustimmte, mit ihr nach Sydney zu fliegen. So vieles hab ich noch besprechen wollen mit Helen, ins Klare gelangen, ehe ich mich ihr völlig anschloß. Sie hat mein Zögern nicht ertragen, es falsch ausgelegt. Auch gestern, als sie wieder von Sydney sprach, von ihren Bekannten und Freunden dort, den Vorzügen der Stadt mit ihren Theatern, Konzertsälen, Museen, Parks, war ich nicht imstande, mich dazu zu äußern. Nach dem Essen hatte ich gesagt, ich wolle jetzt eine Wanderung machen, zwei oder drei Stunden, ich müsse einmal eine Weile für mich allein sein, manches verarbeiten, bedenken, vieles sei geschehen in den letzten Tagen. Sie hatte das Geschirr aufs Tablett gestellt, Stück für Stück, wie in sich versunken – war in diesem Moment ihr Entschluß schon gefaßt? Unergründlich lächelte sie mir kurz zu, so hab ich sie in Erinnerung. Ob sie zurückkommt, ihren Entschluß bereut? Nachdem ich wieder einigermaßen klar denken konnte, kontrollierte ich die Lebensmittelvorräte im Keller, viel hat sie nicht mitgenommen.
Vierundzwanzig Stunden sind vergangen, seit sie losgefahren ist. Vielleicht erwartet sie, daß ich ihr folge, sie suche … Ich stellte mir vor, wie ich mich nach Sydney durchschlage (wie denn?), in einer Zelle ihren Namen im Telefonbuch suche.

Beinah hysterisch reagierte ich gestern Nachmittag, als ich sie wegfahren sah. Auf dem Heimweg von einer Wanderung, noch dreihundert Yards vom Haus entfernt, hörte ich Motorengeräusch, sah von weitem, wie das Auto sich in östlicher Richtung entfernte, überlegte mir, was sie vorhatte, eine Spazierfahrt wohl kaum, begann zu laufen, zu schreien, plötzlich kapierte ich, sie fuhr nach Alice, sie setzte mich aus, ich rannte weiter, obwohl ich nur noch die Staubwolke sich auflösen und niedersenken sah.

Ich war ja bereit, mitzukommen! Wenn sie mich vor die Wahl gestellt hätte, wenn sie jetzt stehenbliebe, am Horizont, ich würde zu ihr laufen, dachte ich, obwohl meine Zweifel, die ich während der Wanderung im Kopf hin und her gewendet hatte, nicht ausgeräumt waren, ich konnte wohl auch allein damit nicht fertig werden, nur in Gesprächen miteinander, so dachte ich, konnten wir uns wieder näherkommen. Immer noch hoffte ich, sie kehre um, obwohl ich inzwischen im Haus mich davon überzeugt hatte, daß sie alle ihre Sachen und die Hinterlassenschaft ihrer Mutter mitgenommen hatte. Nirgendwo fand ich eine Nachricht. Von Stunde zu Stunde steigerte sich der Schmerz in mir, auch die Angst. Sobald ich zu essen versuchte, würgte es mich.

Mit Hilfe einer Landkarte, die ich in der Schreibtischlade fand, rechnete ich die Entfernung nach Alice Springs aus, wie viele Tage ich marschieren müßte, um dorthin zu gelangen, und ich kam auf sieben, wenn nicht acht Tage. Die Frage war, ob ich überhaupt imstande war, genügend Trinkwasser und Nahrungsmittel auf dem Rücken zu schleppen. Unmöglich in der Hitze! Nach Papunja oder Haasts Bluff wären es vielleicht nur vier bis fünf Tagesmärsche gewesen, aber fände ich zu Fuß den Weg dorthin? Ich traute mir jetzt nicht einmal zu, nach Callaboh zu wandern, aber irgend etwas mußte ich unternehmen, Lebensmittel und Trinkwas-

ser waren noch für etwa zehn bis zwölf Tage vorhanden, ich konnte nicht hier sitzen bleiben und auf ein Wunder hoffen. Ab und zu trete ich zum Fenster – ich schreibe und sitze jetzt am Arbeitstisch der Doctora, mit dem Blick nach Osten, nein, keine Staubwolke steigt hoch am Horizont. Der Scheck, den die Alte mir versprochen hatte, ist dahin; Helen gegenüber hatte ich diese Abmachung nie erwähnt. Selbst wenn ich Alice Springs erreichte, würde ich dort erstmal festsitzen. Miß Thelma, die Gute, hinter ihrem Counter am Empfang, wie lange war das her!
Helen hatte mir von dem Mann erzählt, mit dem sie drei Jahre verheiratet gewesen war, einem Engländer, dessen Eltern in den fünfziger Jahren eingewandert waren, Mitbesitzer einer kleinen Reederei in Sydney; sie habe bald nach ihrer Eheschließung das Gefühl gehabt, für ihren Mann bloß ein hübsches Anhängsel zu sein, jemand, den er vorzeigen konnte bei Empfängen, Partys, Konzertbesuchen. Schon ein halbes Jahr, nachdem sie verheiratet waren, habe er es vorgezogen, die Abende in seinem Büro bei seinen Geschäftspapieren zu verbringen. Sie habe sich fragen müssen: bin ich so langweilig, so unattraktiv, und ich protestierte, sie habe, sie möge mir verzeihen, halt einen Dummkopf erwischt.

Gestern Nacht, vor dem Einschlafen, wünschte ich mir, von Helen zu träumen, ihr wenigstens im Traum nahe zu sein, aber mir träumte etwas anderes. Ich schaute nach ihr aus. Auf dem Dach des Hauses stehend, beobachtete ich, wie sich von Norden her ein gigantisches Ungetüm heranfraß, zwei turmhohe, kranartige, miteinander verbundene Gestelle mit einem Riesenrad als Bagger, dessen Sägezähne eine tiefe Rinne in den harten Geröllboden schaufelten, genau auf die Hütte der Doctora zu. Mir fiel ein, es mußte sich um einen

Autobahnbau handeln, um eine der Zubringerstraßen für *Giant City*, und in der Ferne, im Gefolge des ratschenden Ungetüms, rückten die Asphaltierfahrzeuge vor, noch waren sie ein, zwei Meilen entfernt, aber ich konnte mir ausrechnen, wann sie Goosenegg erreicht haben würden. Daß noch so viele Benzinfässer im Schuppen lagerten, hatte ich vergessen gehabt, ich rollte ein Faß nach dem anderen ins Freie, wie von selber rollten sie die leicht abfallende Geröllebene hinab, dem Ungetüm entgegen, ich mußte sie bloß noch zum Zünden bringen, und zwar mit dem Funkgerät, das Helen zurückgelassen hatte. Ich saß auf dem Dach, mit der Fernsteuerung lenkte ich alle die Fässer dem kreischenden Monster, das eine hundert Yards breite Schneise in die Erde fraß, entgegen, und schöner war kein Feuerwerk je gewesen, als ich die Fässer zündete, einige ließ ich weiterrollen, und auch alle die mit Plachen verdeckten Militärlastwagen, die in einem endlosen Konvoi folgten, gingen in Flammen auf, und der stählerne Roboter, der das Ungetüm ferngelenkt steuerte, schmolz jetzt, und mit einem singenden Gewimmer sank er in sich zusammen. Ich fühlte kein Erbarmen, es war Krieg, und nicht ich hatte ihn angefangen, und ich wußte auch, bald würden neue Ungetüme folgen, neue Karawanen von Lastwagen und Teertransportern, und nirgendwohin auf der Erde würde ich mich mehr flüchten können.

Als ich aufwachte, es war schon heller Tag, war ich noch so benommen, daß ich mir überlegte, ob eine Leiter im Schuppen lehne; tatsächlich schien mir, ich müßte aufs Dach steigen und in die Umgebung schauen.

Helen kommt nicht zurück, jetzt bin ich mir dessen sicher. Ich muß handeln, muß mich entscheiden. Sie hat die genaue

Gebietskarte der Doctora, die mir gute Dienste leistete auf meiner Fahrt nach Papunja, mitgenommen. Die Karte des *Northern Territory*, die neben mir auf dem Tisch liegt, ist zu nichts nütze, die eingezeichnete Straße endet ein paar Meilen vor Haasts Bluff.

Später. Wenn sie sich nun verfahren hat, dachte ich, wenn sie die Richtung verlor, ehe sie die Macdonnell Ranges, die ihr eine Orientierung ermöglichten, erreicht hat, wenn sie im Kreis herumfährt ... Sofern sie die beschwerliche Fahrt gut hinter sich gebracht hat, ist sie längst in Alice, ist dabei, den Morlock loszuschlagen und in ein Flugzeug nach Sydney zu steigen. Ich ging hinüber zu der Stelle, wo die Doctora begraben liegt, setzte mich auf die Erde, schaute auf die kleine Pyramide, die wir mit Steinen aufgehäuft hatten. Sie fehlt mir. Wie gerne hätte ich jetzt mit ihr eine Exkursion unternommen. Seit Helen in Goosenegg war, hatte ich kaum noch mit der Alten geredet, mich statt dessen zurückgezogen und zu schreiben begonnen.
Ich habe meine Aufzeichnungen ja unterbrochen, fiel mir ein; nachzutragen wären noch die Ereignisse von Dezember bis Anfang Februar, bis zur Ankunft von Helen. Vorhin setzte ich mich mit Stift und Schreibblock an den Tisch und versuchte, in Stichworten festzuhalten, was über diese beiden Monate vor Helens Ankunft zu notieren wäre, aber mir fiel nichts Erwähnungswertes ein, ich bin auch zur Zeit gar nicht imstande, mich darauf zu konzentrieren, muß mir klarwerden darüber, ob ich morgen früh aufbreche oder ob ich noch einen Tag verstreichen lasse.

Über die Pintubis, Helen, wollte ich mit dir reden, dir alles erzählen, was deine Mutter mir beigebracht hat, vielleicht sogar die Begegnung mit den Uraustraliern. Wilde seien sie, das war deine Einstellung, der Gesichtspunkt der frühen Einwanderer und Siedler, der blasierten Großstädter. Damit bist du halt groß geworden, aber ... Der Gedanke, du stündest womöglich solchen Leuten nahe, tut weh! Eine Woche lang haben wir kaum ein Wort miteinander gewechselt ... Wie wenig ich dich kenne! Ich weiß, wie du riechst, wie deine Schultern sich anfühlen, wie deine Stimme klingt, ich sehe deinen Nacken vor mir, mit dem spitzknochigen Wirbel, der in die Höhe ragt, wenn du auf dem Bauch liegst, aber ich fürchte, ich weiß nicht, was du denkst, wohin der Weg führt, den du eingeschlagen hast (was hab ich mit Pelzen zu tun?)

Abends. Ich kontrollierte die Riemen am Tragesack, wählte die Konserven aus, die ich mitnehmen will auf den langen Marsch, zwei Kanister Trinkwasser, das Bündel meiner Aufzeichnungen, das Bändchen mit den Gedichten der Emily Dickinson, den Gaskocher, das Jagdmesser, Zündhölzer, den Daunenschlafsack, einen Alutopf, alles legte ich auf den Tisch in der Küche. Auf einmal war mir, als hörte ich Motorengeräusche, ich eilte vors Haus, lauschte, hatte mich getäuscht.

Wo würde ich sein, morgen um diese Zeit, wo mein Nachtlager aufschlagen? Meinen Wiedereintritt in die Welt hatte ich mir anders vorgestellt. Zuerst: mit der Doc nach Alice, Abschied dort von ihr, ein Flug- oder Busticket in der Tasche, etwas Geld ... Oder: Mit Helen nach Sydney ...

Vielleicht gelange ich nicht mehr in die Welt zurück, vielleicht findet jemand nach Jahren, meine Gebeine schon verblichen, das Manuskript, das ich in Wachstuch einschlagen werde. Irgendwo im Geröll ein Fraß für Geier zu sein, war eine versöhnlichere Vorstellung als jene, in einer Krebsklinik in Detroit oder Cleveland zu verrecken, von Drogen betäubt. Wieder in die Welt hinein, in das, was wir Welt nennen?

Ich ging ins Haus und stopfte alles, was ich vorbereitet hatte, in den Sack, schwang ihn mir auf den Rücken – würde ich ihn schleppen können, und wie weit? Er würde zwar jeden Tag etwas leichter werden, aber auch meine Kräfte würden schwinden von Tag zu Tag. Ein merkwürdiges Gefühl dann, als sei ich frei, meine Seele klammere sich an nichts mehr …

Ich setzte den alten Schlapphut der Doctora auf und stellte mich vor den Spiegel neben der Tür, dann packte ich die Konserven und Gegenstände wieder aus. Was konnte ich noch zurücklassen? Den Gedichtband legte ich aufs Bord – viele der Verse hab ich im Gedächtnis. Ansonsten war alles unentbehrlich, die Konserven hatte ich ohnehin karg bemessen. Ich nahm das Foto aus dem Gedichtband, das wollte ich mitnehmen, es zeigte die Doctora mit einem Pintubi, eine schlechte Schwarzweißaufnahme, einige Jahre alt, es war an die Wand über dem Schreibtisch gepinnt gewesen, ich steckte sie ins Manuskriptbündel.

Was wäre gewesen, hätte die Alte mich nicht aufgelesen, damals bei Hamilton Downs? Hätte jemand anderer mich gefunden? Wo wäre ich dann heute?

Daß wir nur ein einziges Leben leben können, einen einzigen Weg gehen, alle die unendlich vielen anderen Möglichkeiten, Verzweigungen hinter uns lassen müssen!

Wenn ich an Helen denke, verschwimmt sie ein wenig mit Eve jetzt, und wenn ich an Eve denke … Steckt in Eve eine Helen, und war Helen einmal wie Eve?

Wenn ich Alice erreiche, werde ich mir dann als nächstes Ziel stecken, Helen zu finden? Wenn ich an Alice denke, erscheint es mir jetzt wie Moville als ein paradiesischer Ort. Wenn ich es erreiche, so scheint es mir jetzt, werde ich mich vor nichts mehr in der Welt fürchten.

16

Es ist nach Mitternacht. Ich komme von Eva. Von dem, was mich heute an meinem ersten Bürotag in der Früh erwartete, hatte sie nichts gewußt. Mein Vergehen ist wohl doch zu gering, als daß die Meldung davon bis in die Direktionsetage hinauf gedrungen wäre. Ich verschwieg es ihr vorläufig. Gereizt, in Machaceks Büro, war ich nahe daran, zu sagen: Aus! Habt mich gern! Dann überlegte ich mir, noch so lange damit zu warten, bis mein Februar-Gehalt auf dem Konto verbucht ist. In der Früh, als ich eintraf (draußen stürmischer Schneeregen, ich hatte mir den Hut in die Stirn gedrückt und – als ich nach dem Verlassen des Obusses die Rainerstraße überquerte – mit einer Hand festgehalten, freute mich aufs warme Büro), fand ich in meinem Zimmer alles umgestellt, drei Schreibtische jetzt, an einem saß ein junger Mann mit weißem Hemd und Krawatte, offensichtlich Volonteur, er erhob sich verlegen, als ich eintrat und barsch rief: »Was ist denn hier los!?« Er stand vor mir, rieb nervös mit den Fingern am Kugelschreiber, den er in der Hand hielt, nannte seinen Namen, da erschien Maringer und klärte mich auf, schlug dabei einen neuen, mich seltsam berührenden Ton an. Er habe Herrn Singer einzuschulen. Übrigens, ich solle gleich zu Herrn Machacek kommen. Ich hängte meinen Mantel in den Schrank, da hing schon der von Singer, der Neue saß auch, wie ich bemerkt hatte, auf meinem Stuhl – tauschte aber anstandslos mit dem, der vor meinem Schreibtisch stand, als ich ihn darauf aufmerksam machte –, die Stuhlunterlage warm von seinem Hintern, ich verschob es auf später, meinen Schreibtisch zu inspizieren.

Machacek sah mich kurz an, als ich eintrat, deutete auf den Stuhl auf meiner Seite seines Tisches. Er schien nachzudenken, sah mich prüfend an, dann beugte er sich hinunter, holte aus einer Lade seines Schreibtisches einen Schnellhefter, entnahm ihm einige Papiere, schob sie zu mir herüber. Er hätte gerne eine Erklärung darüber. Mir schoß wohl das Blut ins Gesicht. Sie hatten meine Schreibtischlade durchstöbert und die sechs oder sieben Aktenvermerke von S.' Hand gefunden, die ich im letzten Jahr aus verschiedenen Akten, die ich zum Bearbeiten in die Hände bekam, herausgerissen hatte. Einige darunter waren von der Hand irgendwelcher Sachbearbeiter, zu denen S., als Prüfer, seine Bemerkungen oder Berichtigungen mit roter Tinte hinzusetzte. Und diese Bemerkungen hatte ich im letzten Sommer gelesen, immer wieder, als würde mir beim Lesen seiner Anmerkungen eine Art von Erleuchtung zuteil, oder als handle es sich um Dichtungen oder um Bruchstücke aus den zerfallenen Papyri vom Toten Meer: *Lohnsteuerkarte anfordern u. Daten an Datenverarbeitg. melden. Erheben ob Kindergeld od. Familienbeihilfe bezogen wurde oder wird …*

Das Schlimmste war wohl, daß ich die DIN A5-Blätter einfach aus den Aktenbündeln herausgerissen, mir nicht die Mühe gemacht hatte, die Schnellhefter zu öffnen. (Es hatte schnell gehen müssen.) Er taxierte mich immer wieder, als wolle er sich ein Bild von meinem Geisteszustand machen. Ich nahm die Blätter in die Hand, als sähe ich sie zum erstenmal. »In meiner Schublade sollen die gewesen sein?« ... Aber er glaubte mir nicht, hatte mich überrumpelt. Ich schwieg. Nickte bloß, als er mir erklärte, wie ich die ausgerissenen Löcher in den Blättern mit Verstärkungsringen kleben, mir von Flöckner in der Registratur die entsprechenden Akte heraussuchen lassen und sie genau nach Ordnungszahl wieder einheften solle. Er müsse sich vorbehalten, die Angelegenheit höherenorts zu melden. Ich schlich mich hinaus ... Brachte die Aktenvermerke zu Flöckner. Der Gute hatte gerade eine Liste in der Hand mit mehr als fünfzig Akten, die er für Scharfetter auszuheben habe. Er bringe mir dann die Akten ins Zimmer, aber ob er's am Vormittag noch schaffe, könne er nicht versprechen. Er suche schon seit einer halben Stunde einen Akt, der falsch abgelegt sei.

Um 10 Uhr rief Eva an. Warum ich mich nicht rührte. Ich kümmerte mich nicht um sie, ob ich sie nicht mehr ..? Ihr Ton änderte sich, offensichtlich war jemand ins Zimmer getreten, vielleicht Stieglecker. Sie rief später zurück: Ob ich am Abend kommen wolle. Ich sagte zu, um sie zu besänftigen.

Der Fernseher lief bei ihr, außerdem das Weckerradio im Schlafzimmer. Sie wolle sich die Haare waschen. Ich riet davon ab, am Vormittag hatte sie am Telefon über Rückenschmerzen und Halsweh geklagt. Sie setzte sich auf meinen Schoß, mit dem Rücken zu mir, verfolgte weiter den Film am Bildschirm, ein alter Schwarzweißfilm mit Hans Moser als Antiquitätenhändler. Sie sei grantig heute, hatte sie mir schon entgegengeraunzt, als sie mich einließ. Wie ich gehofft hatte, verschwand sie zwischendurch für zwei Minuten auf die Toilette, und ich legte die Manuskriptblätter in die Mappe in der Schublade ihres Schrankes, nahm die letzten paar Blätter an mich, steckte sie in die Innentasche meines Jacketts. Tante Erna sei nämlich auch gekommen, heute, sagte sie, als sie wiederkam; als ich nicht begriff, grinste sie nachdenklich und wollte wissen, was ich in meiner Tasche hätte. Sie blätterte lustlos in der Broschüre »Softwarelexikon«, setzte sich dann wieder auf mich, jetzt mir zugewandt. Ob ich es ernst meinte mit ihr? Ob ich ewig bei meinen Eltern wohnen bleiben wolle? … Sie hasse diese Wohnung hier, es sei so laut, ab sechs Uhr früh höre sie unten alle Autos wegfahren. Sie überhörte es, als ich einwarf, sie fahre ja selber auch einen Wagen und stelle ihn drunten ab. Wir könnten uns zusammen eine Wohnung nehmen, in einer ruhigen Gegend, den Mietvertrag für die Bayernstraße könne sie noch stornieren … Ich verabschiedete mich, sei noch nicht ganz auf der Höh' – darüber könnten wir ein anderes Mal reden, ich wolle es mir überlegen.

17

Ranerding, 14. Oktober 1980.

Liebe Eva, in meinem letzten Urlaub, den ich, meiner angegriffenen Lunge wegen, in Davos verbrachte (Du erinnerst Dich, Du hattest es vorgezogen, mit Lenhardt und seiner Frau und Tochter auf dessen Yacht durchs Mittelmeer zu segeln), stieg ich aufs Jakobshorn, an einem Septembermorgen (ist es wirklich erst ein Jahr her?), und ich hab über uns nachgedacht. Dann stand ich oben und ging über den Grat hinüber zum Bräntabüel, um über Stillberg ins Dischmatal abzusteigen. Plötzlich zerriß kreischender, ohrenquälender, ins Unerträgliche anschwellender Krach die Stille, ich sah drei Flugzeuge auf mich zukommen, so niedrig daherzischend, daß ich mich auf den steinigen Boden warf und mir die Ohren zuhielt. Kaum hatte ich mich erhoben, war ein paar Schritte weitergegangen auf dem schmalen Pfad, als ich die drei Maschinen, es mußte sich um Militärflugzeuge handeln, in meinem Rücken wieder näher kommen hörte. Panische Angst packte mich, ich warf mich hin, rollte mich ein paar Meter vom Grat die felsige Halde hinunter, riß mir eine tiefe Wunde in den Oberschenkel; ich dachte, ich überlebe es nicht, als die drei mit unvorstellbarem Getöse über mich hinwegfegten. Ich blieb liegen, mein Herz schlug einen neuen, unrhythmischen Puls; als die Flieger sich nochmals, ein letztes Mal, näherten und über die Gratkuppe hinwegzischten, hielt ich mir krampfhaft, in ohnmächtiger Wut, die Ohren zu, bohrte meinen Kopf verzweifelt ins steinige Geröll.

Bis hinab ins Tal, bis in meine Pension schlotterten mir die Knie, ich vermochte zu Mittag nichts zu essen, legte mich

ins Bett und träumte einen langen, beängstigenden Traum, und diesen Traum habe ich aufgeschrieben.
Ich vergaß zu erwähnen, daß ich in Stillberg auf ein amerikanisches Pärchen stieß. Der Mann (schwarz), ca. achtundzwanzig, hochgewachsen, gewandt, sie (weiß), Anfang zwanzig, unbeschreiblich dick, ihren Hintern in eine enge rote Leinenhose gezwängt. Ich war froh, unter Menschen zu kommen, stieg mit ihnen ins Tal ab. Steve und Rose kamen aus Detroit, er studierte Geschichte und Germanistik, und bald kam das Gespräch auf den *Zauberberg*. Ein paar Tage später traf ich sie wieder, auf dem Weißfluhjoch, sie saßen auf einem Felsen. Rose trank aus einer Literflasche Pepsi-Cola, wir unterhielten uns, beide waren voller Begeisterung über den Frieden in diesen Bergen, dieser Landschaft, sie erzählten von den chaotischen Zuständen in Detroit und von Chicago, wo Steve geboren wurde, und beinahe hätte ich ihnen mein Erlebnis vom Jakobshorn erzählt.

Auf der Heimreise – ich machte zwei Tage in Zürich Station – hatte ich an einem Vormittag ein Erlebnis auf einer Verkehrsinsel, im Zentrum; eine gute Viertelstunde lang war ich gefangen inmitten von mich umkreisenden, bedrohenden Fahrzeugen, mir wurde speiübel von den Auspuffgasen, dem galligen Geschmack in der Mundhöhle, und dieser Vorfall brachte mir für einen Moment zum Bewußtsein, daß ich in dieser Welt, in der der Mensch sich selbst in unglaublicher Weise erniedrigt, nichts mehr verloren habe. Weg!, bloß weg! sagte ich mir ununterbrochen vor. Bald darauf hatte ich wieder einen langen Traum, und unter dem Eindruck dieses Traumes begann ich die Geschichte zu schreiben, die Du nun gelesen hast. Hast Du sie gelesen? Meine schriftstellerischen Versuche liegen Jahre zurück, ich tat mich schwer, das, was ich mir vorstellte, in Worte zu fassen. Ich hab in diese Geschichte auch alles hineingelegt, was ich Dir je sagen wollte und nicht sagen konnte, weil Du nicht zugehört hast. Wie Du weißt, bin ich nie in Amerika oder gar in Australien gewesen. Hier, im Haus von Leonhard, den ich vor Jahren in Korčula kennenlernte, er war damals schon pensioniert und hatte angefangen, alte Möbel zu reparieren, fand ich einen Band mit Felsmalereien primitiver Völker und einen ausgezeichneten Atlas, der auch Stadtpläne amerikanischer Städte enthielt.

Unser Gespräch im Mirabellgarten (wir spazierten im *Naturtheater*), als wir uns nach den Ferien zum ersten Mal wieder trafen ... Dein Unverständnis (Dir gefiel es in dieser Welt). Ein paar Wochen lang machte ich das Kasperltheater in der PVA noch mit, dann, an jenem Donnerstag, als Du mir am Ende eines langen Telefongesprächs sagtest, »übrigens, Tante Erna ist gestern abend gekommen«, (eine Schwangerschaft, die wir befürchteten, hätte möglicherweise meinen Entschluß verzögert oder gar aufgelöst), da strich ich die Kritzeleien durch, mit denen ich während des Gesprächs meinen Notizblock verziert hatte, und fühlte mich auf einmal frei. Wir haben uns nicht mehr gesehen. Am nächsten Tag löste ich mein Sparbuch auf und fuhr mit dem Zug und einem Bus in dieses bayerische Dorf. Von L., mit dem ich seit Jahren korrespondierte, wußte ich, daß ich ihm jederzeit willkommen war. Hier habe ich dann meine, unsere Geschichte noch einmal geschrieben, sie weitete sich immer mehr aus.
Wenn Du mich besuchen möchtest, ein Zimmer hier im Hause wäre bereit. Ich bin nicht mehr derselbe wie der vor einem Jahr.

18

Maringer kehrt gegen Singer schon den Vorgesetzten heraus. Stempfl heute, im Gang, wie er mich musterte, meinen Gruß verunsichert erwiderte: meine *Untat* scheint sich bei den Abteilungsleitern herumgesprochen zu haben. Die Stellenanzeigen morgen. Überlegte mir, diesen *Brief* von S. der Eva ins Brieffach zu legen, einen Umschlag mit deutscher Briefmarke und der Andeutung eines Stempels zu präparieren. Sie zu beobachten, wenn sie den Brief öffnet und liest. Etwa, sie abends heim zu begleiten. Ich bin sicher, sie hat ihn noch nicht gelesen. Zwei Jahre oder länger liegt das Manuskript bei ihr in der Lade. Den Umschlag hat sie längst weggeworfen. Ob S. ihr während dieser zwei Jahre noch einmal geschrieben hat? Er ist vom Fließband gesprungen, das verbindet mich mit ihm. Aber diese anscheinend vergebliche Liebesmüh um Eva, es sieht so aus, als mache er sich lächerlich. Und ich merke, daß es mich ihm gegenüber erhöht, daß Eva an mir hängt.

Mit ihr am Vormittag in der Stadt, am Markt (wo sie Fleisch und Gemüse einkaufte), dann die unvermeidlichen Schaufenstergänge, zum Juwelier Ranft, wo sie zum fünfzigsten Mal die goldene Cartier-Uhr anschaute, die sie sich sowieso nie kaufen kann, oder den Kaschmir-Pulli bei Thalhammer, um tausendachthundert Schilling. Bleibe ich bei einer Buchhandlung stehen, zieht sie gleich an meiner Hand. Das sind halt *ihre* Träume. Manchmal beneide ich sie darum – sie sind erfüllbar.

Sonntag. Heute Skilaufen mit Eva in Maria Alm, Neuschnee. Sie steht viel sicherer auf den Bretteln als ich. Sie erzählte, Jessica sei ihr am Freitag wohl in der Früh aus der Tür entwischt, während sie den Abfallsack hinstellte und den Schlüssel suchte, ihr in die Tiefgarage gefolgt; sie habe es erst bemerkt, als sie in den Wagen steigen wollte. Ließ sich dann nicht fangen, verkroch sich unter parkenden Autos. Sie sei deswegen eine halbe Stunde zu spät gekommen.

Stempfl betrat unser Büro gegen halb neun, einen EDV-Erhebungsbogen in der Hand: »Na, der Herr Kaserer würde sich für *diese* Pension schön bedanken!« Zum Glück habe Fräulein Mayerhofer das rechtzeitig bemerkt. Stempfl ließ das Blatt auf Maringers Tisch fallen. Maringer wurde rot, igelte sich ein für den Rest des Vormittags. Ich war erleichtert, als Stempfl den Bogen nicht auf meinen Tisch legte.

Die Verkäuferin heute, in dem Buch- und Papierladen in der Rainerstraße, als ich nach einer Landkarte von Bayern fragte. Nein, hätten sie nicht. In einem Ton, als hätte ich nach einer Karte von Tibet gefragt. Verzeihen Sie, daß ich Sie gestört habe, konnte ich mich nicht enthalten zu murmeln, ehe ich zur Tür ging. Zweifle sowieso, ob ich Ranerding auf einer Karte fände, aber neugierig bin ich. Abends auf dem Heimweg ein Sturm. Am Kai, vor dem Müllner-Steg, wehte es mir den Hut vom Kopf, er kollerte die Böschung hinunter, der Wind trieb ihn weiter, er rollte dahin … Eine Frau im Regenmantel rief: »Ihr Hut! Ihr Hut!« – ihr Arm blieb ausgestreckt, weil ich keine Miene verzog, mich verhielt, als ginge es mich nichts an.

Ich halte es nicht mehr aus. Maringer wird immer unerträglicher. Als ich heute das Fenster öffnete, sagte er ungeniert zu Singer, der neben ihm saß und dem er die Grundzüge des Allgemeinen Sozialversicherungsgesetzes erklärte: »Machen Sie's Fenster wieder zu bitte.«

Direktor Stieglecker kam dann herein, eine seiner Kollegialitätstouren, die er alle paar Monate unternimmt, gibt dabei jedem die Hand, fragt wie's geht, und so weiter. Mir gab er diesmal nur kurz die Hand, dann drehte er sich um, als verbreite ich üblen Geruch, ging zu Maringer und Singer, unterhielt sich mit ihnen, fragte Singer, ob er sich gut eingearbeitet habe. Das bestellte Reclam-Bändchen, eine Auswahl der Gedichte von Emily Dickinson, kam.

Erster März. Eva ist Skilaufen in Zell am See. Alles immer wieder im Kopf herumgewälzt, gestern. In den Stellenanzeigen nichts Geeignetes, ich hab's aber auch gar nicht erwartet. Da ich mir letzten Sommer den VW-Polo nicht gekauft habe (auf Abzahlung), könnte ich es mir leisten, wenigstens ein Jahr nichts zu tun; wenn ich's daheim aushalte, sogar länger. Überlegte, Eva den Kaschmir-Pulli zu kaufen, einfach so. Rührende Szene im Obus, zu Mittag, als eine alte, gebrechliche Frau einem Knirps (die vollgepackte Schultasche war beinahe größer als er) ihren Sitzplatz anbot. Als ich um 16 Uhr aus der Registratur kam, hörte ich durch die einen Spalt geöffnete Tür meines Büros, wie Singer sich nach mir erkundigte. Maringer: »Er weiß nicht, was er will … ich glaube nicht, daß der hier alt wird.« Ach, Maringer, wo sind die Zeiten hin, als wir auf den Spiegel im Herrenklo auf unserer Etage mit Lippenstift Karikaturen der Direktoren und Abteilungsleiter gemalt haben?

Ging um sechs hinauf zu Eva, kam gerade recht, um ihr in den Mantel zu helfen. Ich komme morgen nicht mehr ins Amt, sagte ich. Sie auch nicht, meinte sie schelmisch. Nein, im Ernst, ich stell die Weichen neu. Ich werd eine Reise machen, eine lange Reise. Ich werd auch über uns nachdenken. Sie musterte mich abwartend. Ich werd verrückt hier ... Wir gingen schweigend hinunter zum Firmen-Parkplatz im Hof, ich hatte S.' *Brief* mit, hoffte, ihn unbemerkt in die Mappe schmuggeln zu können.

Im Treppenhaus ihres Wohnblocks holte sie die Post aus dem Fach, nichts außer einem Reklamefaltblatt, sie lehnte sich gegen die Front all der Brieffächer, schaute den Prospekt an, schien darin zu versinken (Gartenmöbel und Rasenmäher). Oben brachte ich sie dann dazu, daß sie S.' Mappe hervorholte. Ich blätterte darin, sagte dann, warum liest du es nicht, lies es doch, wenn er es dir geschickt hat. Da gestand sie, daß sie es *teilweise* gelesen, daß sie ihm sogar geschrieben habe. Allerdings erst ein paar Monate später. Sie sei sich ihrer Gefühle für S. nicht klar gewesen, damals ... Ihr Brief sei zurückgekommen mit dem Vermerk: *Unbekannt verzogen*. Ich streckte ihr eine Hand entgegen, sie setzte sich mir auf den Schoß. »Und mich liebst du? ... Keine Zweifel?« Sie schüttelte den Kopf. »Aber ich bin deiner unwürdig, ich bin ein Nichts ...« Das wisse sie, aber jetzt wolle sie sich etwas zu essen machen, sie habe Hunger. Ob ich auch mitäße. Ich verabschiedete mich. In der Früh werden sie meinen Brief finden, im Büro, sagte ich. Sie glaubte mir nicht.

19

Um daheim nichts erklären zu müssen, heute früh wie gewohnt aufgestanden, in den Obus gestiegen, bloß eine Station weiter gefahren, zum Hauptbahnhof. Mich frierend dort herumgetrieben, Fahrpläne studiert … Am Nachmittag ins Lifka-Kino. Eva den Pullover kaufen? Ich bin mir nicht sicher, was ich wirklich empfinde für sie, ich kenne mich ja nicht einmal selber. Wenn ich in einen Zug steige, in irgendeinen, und verreise, werde ich dann etwas zu erzählen haben?

Der zweite Tag. In dem Schnell-Imbiß an der Bahnhofspromenade gesessen (vor der Fensterfront eilten die Menschen schemenhaft zu ihren Arbeitsstätten), vor einer Tasse Tee, bis es richtig hell war, dann ins Stadtzentrum. Die Leute denken gar nicht daran, ihre Autos anzuzünden, jedenfalls nicht hier und nicht in den nächsten fünfzig Jahren. Eine Viertelstunde die Rainerstraße nicht überqueren können, ganz stumpfsinnig geworden vom Anblick der vorbeiwummernden Wagen. An E. gedacht, während ich in die Auslage des Reisebüros Degener schaute (»Abenteuerreisen mit Überlebenstraining«): Mich in sie zu verlieren, Eva, ein Leben mit ihr, eine Insel zu schaffen inmitten der Öde, wäre das nicht auch eine abenteuerliche Reise, ein Unternehmen, täglich vom Scheitern bedroht? Traue ich ihr immer noch nicht, ihrem so plötzlich erwachten Gefühl für mich? Hemmt mich ihr gegenüber die Erinnerung an das quälende *warm-kalt* vom letzten Sommer? Stellte mir vor, sie um sechs abzuholen, auf sie zu warten vor dem Tor der PVA, mich nicht um die Kollegen zu kümmern (»Na, wieder gesund?«), sie zu umarmen und zu sagen: Ich gehöre dir … Ich muß sie dazu bringen, daß sie mich S.' Schrift lesen läßt. Bei einer zweiten Lektüre würde ich auf ganz andere Dinge achten. S. als Person interessiert mich nicht mehr.

20

Freitag. Der Augenblick mit Eva, heute abend vor der PVA. Sie kam mit Frau Binder aus der Glastür, tat zuerst seltsam, als geniere sie sich mit mir. Dann: Ich spinne, sie verstehe mich nicht, ich sei doch nicht mehr krank, wo ich mich herumtreibe, sie habe bei mir daheim angerufen … Der Rückweg in die PVA stünde mir noch offen …

Sie ließ mich stehen – mein lautes Lachen, – *der Rückweg steht mir offen* –, und ich war so verwirrt, daß ich nicht wußte, welche Richtung ich einschlagen solle. Plötzlich wurde mir weit, einige Zeilen aus dem Bi-Yän-Lu fielen mir ein: *Heilige Wahrheit – Offene Weite! Wie erschau'n, wohin das trifft? Wer der Mensch Uns gegenüber?* Und dachte, was Eva da grade sagte, ist ja beinah ein Koan …, wollte ihr nachlaufen: Hab Geduld mit mir … Lies die Aufzeichnungen …